KB046639

복수여신

치즈필름 김은하 원작 | 임지은 글 | 오천사 그림

북폴리오

차례

1화_ 내가 변하기로 결심한 이유 ✦ 9

2화_ 나를 괴롭혔던 일진이 내게 반했다 ✦ 53

3화_ 일진이 언니를 죽였다 ✦ 87

4화_ 일진에게 복수했다 ✦ 113

5화_ 나는 내게 복수했다 ✦ 141

그해 여름 ✦ 175

여름은 돌아온다 ✦ 201

1화
내가 변하기로 결심한 이유

오늘 뭔가 기분 좋은 일이 생길 것 같아.

싱싱하지 않은 생선을 볼 때처럼 미간을 찡그리고 나를 바라보는 이진희의 표정을 보니, 속으로만 한 생각인 줄 알았는데 입 밖으로 소리 내어 말했던 모양이다.

엑, 곤란해.

"캔디냐? 아님 뭐 빨강머리 앤? 아, 옛날 드라마들도 그런 대사로 시작하긴 하더라."

그렇지. 한마디 걸고넘어지지 않으면 이진희가 아니지.

지금 내 옆에 있는 이 아이, 진희를 사실에 가깝게 묘사한다면 무슨 말이 좋을까? 의심 많은 투덜이. 참견쟁이. 애늙은이.

잘생긴 얼굴이 아깝다니까.

　그래도 진희가 민선의 가장 가까운 친구라는 사실에는 변함이 없다. 어떤 비밀이라도 털어놓을 수 있는 유일한 사람이니까, 친구보다 더 정확한 표현이 있을 것 같기도 하다.

　정확히 언제부터인지 기억할 순 없어도 진희는 꽤 오래 전부터 늘 민선의 곁에 있어 주었고, 민선의 이야기를 자신의 일처럼 들어 주었다.

　그게 이른 아침부터 그 애가 이 방에 있고, 남들이 들으면 바보 취급할 만한 이야기도 이 아이에게 만큼은 부끄러움 없이 털어놓을 수 있는 이유다.

　민선은 항변하듯 작은 목소리로 한 번 더 강조했다.
　"그래도 오늘 진짜 좋은 일이 생길 것 같단 말이야."
　"그래. 기분 좋아서 나쁠 건 없지."
　진희가 큰 배려라도 해 준다는 듯 고개를 끄덕였다.
　"넌 그럴 때 없어? 그냥 막 예감이 좋은 날."
　"글쎄. 난 평정심이 좌우명이라서."
　"너답다."

"칭찬이지? 빨리 준비나 해. 나갈 시간 됐다."

진희가 손을 뻗어 민선의 긴 머리칼을 흐트러뜨렸다.

"야! 다시 빗어야 되잖아!"

옥신각신하는 동안 시계를 보니 정말 등교 시간이 가까워지고 있었다.

위험해. 오늘의 좋은 예감을 지각 따위로 망칠 순 없다.

민선은 재빨리 거울 속의 모습을 다시 점검했다.

연한 그레이 색 카디건에 하얀 블라우스, 붉은 리본, 네이비색 스커트가 조합된 교복은 인근 학교들 중에서도 예쁘기로 이름 나 있었다.

'내가 날씬했다면 더 잘 어울렸을 텐데.'라는 생각을 하지 않는다면 거짓말이지만 여전히 민선은 교복이 마음에 들었다.

"박민선!"

부르는 소리에 돌아보니 태희였다.

공통점이 많은 둘은 같은 반이 되자마자 금세 친해졌다. 둘다 액션이나 로맨스보다 판타지 영화를 좋아하고, 근처 빵집에서 VIP로 모시는 '빵순이'인 데다 만화광.

"어, 태희야!"

민선의 손에 들려 있는 만화책을 확인하더니 태희의 눈이 커졌다.

"헐, 대박! 너 이거 샀네?"

"어제 교보 가서 딱 하나 남은 거 샀어."

오늘 기분이 좋은 이유 중 하나. 가장 좋아하는 만화의 신간을 무사히 손에 넣은 것. 사실 어제 사자마자 두 번이나 완독했지만 또 보고 싶은 마음에 하굣길에도 펼쳐 보는 중이었다.

"다 보면 나 빌려줘."

"응."

그때 뒤쪽에서 남자애들이 수군거리는 소리가 들려왔다.

"악! 아침부터 돼지들이 앞에서 얼쩡거려. 눈 버렸다."

"저 교복 터지려는 거 좀 봐. 진짜 보는 사람들 정신적 피해 어쩔 거야."

"근데 쟤네 쌍둥이야? 왜 똑같이 생겼어?"

"그걸 질문이라고 하냐? 너는 축사에서 돼지들 보면 구분할 수 있어?”

노골적으로 낄낄대는 웃음소리.

사실 민선과 태희의 공통점은 앞서 말한 게 다가 아니다.

둘은 학교에서 불리는 '공식 호칭'도 같다. 다르게 부른다고 해 봐야 돼지 1, 돼지 2 정도인데, 저들의 말처럼 둘을 정말로 구분하고 부르는 건지는 확신이 서지 않는다.

하루 이틀 일이 아니라 새삼 충격받을 거리조차 되지 않는다.

“얘 너무 멋있지 않냐?”

태희가 주인공 캐릭터를 가리키며 말했다. 주인공인 만큼 온갖 매력적인 요소를 갖춘 이른바 '사기캐'이긴 하지만 민선의 취향은 아니다.

“난 그냥 그렇던데?”

“그럼 넌 여기서 누가 제일 좋은데?”

“난 얘.”

민선은 주인공의 라이벌 캐릭터를 가리켰다.

사실 이 캐릭터는 민선이 이 만화에 빠져 시리즈 전 권을 소장하고 몇 번이나 재탕해 읽는 이유이기도 했다.

빌런이라곤 해도 가치관이 확고한 데다 비극적인 성장 배경에서 비롯한 우수에 찬 분위기도 마음에 들어 반해 버렸다. 어둠이 있어야 빛도 있는 법이니까.

"얘 악당 아니야?"

태희가 고개를 갸웃하며 물었다.

"자기가 옳다는 걸 증명하려고 노력하잖아. 그게 멋있어."

"그걸 그렇게 볼 수도 있구나."

'취향 특이하네.'라고 덧붙이고 싶은 게 역력한 얼굴로 고개를 끄덕인 태희가 갑자기 눈에 띄게 놀라며 핸드폰 액정을 확인했다. 그 바람에 둘의 대화는 잠시 끊어졌다.

문자 왔나 보네. 근데 왜 저렇게 놀라지?

"나 급한 일 있어서 먼저 갈게."

어느새 낯빛이 어두워진 태희가 그 말만 남기고 빠른 걸음으로 앞서가기 시작했다.

"갑자기?"

민선은 의아한 얼굴로 멈춰 선 채 태희의 멀어져 가는 뒷모습을 바라보았다.

"저기."

그때 들려온 목소리. 뒤를 돌아보니 전혀 의외의 인물이 눈에 들어온다. 나 부른 거 맞나?

우두커니 서서 당황하고 있는 사이 손호태가 민선에게 뛰어왔다. 햇살이 호태만 쫓는 듯했다.

"너 이거 떨어뜨렸어."

호태가 내민 것은 낯익은 모양의 강아지 인형이었다. 민선은 백팩의 지퍼를 확인했다.

"아, 고리 떨어졌네……. 고마워."

인형을 받아들었을 때 호태의 입에서 나온 건 전혀 예상하지 못한 말이었다.

"네 이름 박민선 맞지?"

"응."

"책 보면서 걷지 마. 위험하니까."

"어? 어, 그래……."

"나 간다."

가방 고리 인형을 떨어뜨렸다, 여기까지는 약간 운이 나빴다고 할 수 있을지도 모른다.

그런데 그걸 주워 준 게 다름 아닌 호태라니. 민선의 이름을 알고 있다는 사실까지 확인시켜 주면서.

이 짧은 우연, 혹은 행운을 그럴싸한 말들로 표현하고 싶지만 지금의 민선으로서는 역부족이었다. 그저 살짝 달아오른 듯한 뺨을 감싸고 이런 생각에 빠져들 뿐.

'호태는 오늘도 잘생겼어. 그리고 뭔가, 다른 애들과는 달라.'

"저런 애가 네 취향이야?"

언제 따라잡았는지 진희가 다가와 그렇게 묻는 바람에 민선은 겨우 멍한 상태에서 깨어났다. 그러고는 볼을 감쌌던 손을 황급히 뒤로 감췄다.

아무래도 이 녀석은 처음부터 끝까지 본 모양이다.

"몰라."

왠지 엄청나게 쑥스러운 기분.

"모범생에 상냥하면서도, 뭐랄까, 퇴폐적인 것도 있고…….
아, 네가 말한 악당 같은 스타일?"

가끔 진희는 민선 자신보다도 민선을 더 잘 아는 것 같다.

실은 호태를 처음 봤을 때부터 두근거렸었다.

큰 키에 검고 결 좋은 머리카락, 웃을 때 매력을 더하는 시원한 입매, 피부는 까맣지도 하얗지도 않은……, 꿀색 같다고 해야 하나?

호태의 외모에서 특히 마음에 드는 건 긴 눈이다. 날카로운 눈매에 눈 주변이 살짝 붉은 것도 매력적이다. 진희 말마따나 '퇴폐미'라고 해야 할까?

"그치?"

민선은 어느새 쑥스러움도 잊고 한 톤 높아진 목소리로 진희에게 되물었다.

"하. 박민선, 아서라……. 손호태가 너랑 어울릴 거 같냐?"

"내 이름 알고 있었던 거 보면 그만큼 나한테 관심이 있다는 거 아닐까?"

"아닐걸? 그냥 학생회장으로서의 의무감 같은 거겠지."

"그래도 오늘 뭔가 좋은 일이 있을 것 같아."

"뭘 그걸 또 여기다 끼워 맞춰?"

"이건 시작을 알리는 플래그야."

"그래. 네가 긍정킹이다."

민선이 물러설 수 없다는 듯 허리에 양손을 얹고 선언하자 진희는 짧게 한숨을 쉬며 항복이라는 듯 두 손을 들어 보였다.

그때 주머니에서 핸드폰이 진동했다.

"태희? 얜 방금 갔으면서 왜 전화를…… 여보세요?"

태희가 민선을 부른 곳은 학교 근처의 카페였다.

"야, 방금 가 놓고 왜 부르냐?"

민선이 물으면서 태희의 맞은편 자리에 앉았다.

"그냥."

"내가 그렇게 보고 싶었어?"

"응……."

자꾸 시선을 피하는 태희가 평소 같지 않았다. 민선은 무슨 일이 있는지 물어보려다가 일단 그냥 묻어 두기로 했다.

"나 이거 거의 다 봤으니까 얼른 보고 너 줄게."

민선이 아까 얘기한 만화책을 들어 보이며 말했다.

"아, 응. 난 앞의 권이나 보고 있어야겠다……."

마주 앉아 만화책을 보는 둘 앞에 한 무리의 아이들이 다가

왔다. 여자애 둘에 남자애 하나. 학교에서 유명한 일진 무리라 민선도 아는 얼굴들이었다.

우선 서혜지. 모델처럼 늘씬하고 예쁘지만 언제나 싸늘한 표정이다. 갸름한 얼굴에 치켜 올라간 눈매 때문인지 어딘가 여우를 몹시 닮았다. 셋 중에서 제일 발언권이 세 보인다.

최세민. 서글서글한 인상에 사교성도 좋아서 남녀 모두에게 인기가 많은 소녀이다. 그런데 언제부턴가 저 무리에 어울려 다니기 시작했다.

박용제. 흰 피부에 선이 곱고 해사한 얼굴은 미소년이라고 하기에 부족함이 없다. 하지만 워낙 태도가 강압적인 데다 주먹도 어디서 빠지지 않는다는 소문이 있다. 특히 남자애들 사이에서는 두려움의 대상이다. 얼굴만 보고 좋아하는 여자애들도 있다고는 하지만.

"와. 뭐지, 이 그림은?"
"돼지 둘이 만화책을 보고 있네?"

비아냥이 묻어나는 얼굴로 용제가 묻고 세민이 덧붙였다. 바보라도 알아챌 만한 명백한 시비 걸기.

쓸데없는 공상이 취미인 '긍정킹' 민선은 세 명이 나란히 서서 엉덩이로 이름 쓰기를 하는 상상을 하며 일단 무서움을 가라앉혔다.

박용제, 서혜지, 최세민. '혜'라는 고난도 글자가 들어 있는 혜지가 불리할 것 같긴 하지만, 역동적으로 움직일 수밖에 없는 '박'도 쉽지는 않다. 'ㅏ' 모음을 쓰다가 용제의 바지 엉덩이 부분이 부욱 소리와 함께 터지는데…….

민선은 또 22만 광년 너머 안드로메다 근처 어디쯤으로 날아가려는 생각을 부여잡고 애써 태연하게 인사를 건넸다.

"혜지야, 세민아, 용제야……. 안녕?"

"야, 이름 부르지 마."

"너희랑 친구라고 오해받으면 책임질 거야? 밖에서 이런 짓할 거면 교복이라도 갈아입든지. 학교 쪽팔리게 이게 뭐냐?"

앞 다퉈 쏘아붙이는 용제와 세민에게 민선은 멋쩍게 웃으며 사과했다.

"……미안."

혜지가 민선의 손에 들려 있던 만화책을 낚아채 갔다. 그리고 책을 후루룩 넘기며 한 번 훑어보더니 민선에게 물었다.

"이거 재밌어?"

"응?"

"이거 재밌냐고."

"아, 응."

"그럼 나 빌려줘."

"그거 태희 먼저 빌려주기로 했는데."

민선의 대답에 혜지가 태희를 대뜸 불렀다.

"야! 이거 나 먼저 봐도 되지?"

"응……."

태희는 눈도 제대로 마주치지 못한 채 고개를 끄덕였다.

혜지가 민선에게로 고개를 획 돌리더니 의기양양하게 미소 지으며 다시 한 번 말했다.

"쟤한테 허락 받았으니까 이거 나 빌려줘."

"……언제 돌려줄 건데?"

"잘 안 볼 것 같으니까 한 10년 뒤에?"

"10년? 그건 좀……."

"뭐? 얜 되는데 왜 난 안 돼?"

혜지가 노려보며 물었다.

"야, 돼지가 사람 차별해도 돼?"

"돼!"

누군가 비아냥대는 세민의 말을 단호하게 끊어 버리는 바람에 카페 안에는 잠시 정적이 흘렀다.

설마, 저건 호태? 눈을 한 번 비비고 다시 바라봤지만 민선이 본 건 틀리지 않았다. 멀리서 봐도 한눈에 알아볼 수 있는 그 애, 손호태가 막 카페 안으로 들어오는 중이었다.

여기서 호태를 만나게 된 건 우연일 것이다. 하지만 선명하고 차가운 그 눈을 마주하자마자 마음속 한 구석에서 꽃을 피우기 시작한 기대감이, 민선은 기쁘면서도 낯설고 또 왠지 조금 무서웠다.

"뭐하는 거냐, 너희?"

호태가 그렇게 물으며 용제와 혜지, 세민을 노려보았다.

"그냥 얘들이랑 노는 건데?"

"놀아? 겁주는 게 노는 거야?"

"야! 우리가 겁 줬냐?"

세민이 민선에게 다그쳤다.

"그게······."

"우리가 겁줬냐고 묻잖아!"

용제가 소리를 지르는 것과 동시에 호태의 주먹이 용제의 얼굴로 날아들었다.

"너 뭐하는 거야?!"

혜지가 호태에게 달려들 듯 소리 질렀다.

"너희들 한 번만 더 얘네 괴롭히면 죽는다. 이 개돼지들아."

"와, 존나 어이없네? 야! 너 미쳤어? 미쳤냐고!"

용제는 호태에게 맞은 턱을 아픈 듯 쓰다듬고 있다가 발작하듯 소리 지르는 혜지를 급히 카페 문 쪽으로 잡아끌었다. 세민도 거들었다.

"놔! 이거 놓으라고! 야, 너 이따 죽을 줄 알아. 놔!"

"괜찮아?"

"응. 고마워."

민선은 여전히 얼떨떨한 상태로 호태에게 고마움을 표했다.

"아, 저 쓰레기 같은 놈들."

"넌 무섭지 않아?"

"뭐가?"

"쟤들은 싸움도 잘하고 수도 더 많잖아."

호태가 웃었다. 처음으로 가까이서 본 호태의 미소는 상상했던 것보다 훨씬 더 근사해서 민선은 잠시 넋을 잃었다.

"무슨 싸움을 잘해? 쟤들이 제일 약해."

"약해?"

"혼자 있으면 아무것도 아닌데 그게 무서워서 뭉쳐서 다니는 거야."

"아……."

"스스로 강해지려는 시도는 해 보지도 않고 뭉쳐서 약한 걸 감추려고 하니까 발전이 없고 약자 앞에서 센 척만 하는 거지."

"대단하다."

"뭐가 대단해?"

"너 좀 멋있는 것 같아."

"아니야. 아, 너 폰 좀. 내 번호 줄 테니까 쟤들이 또 괴롭히면 바로 연락해."

"응. 아, 여기……."

호태가 민선의 핸드폰을 받아 자신의 번호를 남겼다.

다시 건네받는 민선의 손에 호태의 손 끝이 살짝 닿았다.
두근, 두근, 두근. 심장이 너무 크게 뛰어서 박동 소리 하나
하나 귀에 들리는 것 같았다. 손가락을 통해 호태에게도 전해
졌을지 모른다. 아니, 혹시 이 부근에 있는 사람들 모두가 듣고
있는 건 아닐까?

"학교에서 보자."
호태가 씩 웃으며 인사를 남기고 자리를 떠났다.
민선은 또 한 번 넋을 잃고 만다. 호태 전화번호를 알았어.
걔가 직접 가르쳐 줬다고!
두근, 두근, 또 두근. 다시 울려 퍼지는 심장박동은 이미 경쾌
한 탭댄스의 스텝을 닮아 있었다.

민선은 침대 위에 엎드려 핸드폰 화면을 바라보며 계속 새어
나오는 웃음을 감추지 못하는 상태였다.
진희가 한마디 했다.

"아이고…… 좋아 죽네, 아주?"

"이 정도면 진짜 가능성 있는 거 같지 않아?"

민선의 물음에 진희가 흔쾌히 오케이 사인을 내렸다.

"그래. 이 정도면 없다곤 못하겠다."

"그치?"

그때 갑자기 전화가 울렸다. 액정 위에 떠오른 선명한 두 글자. 호태.

민선은 얼떨떨한 상태로 전화를 받았다.

"여보세요? 어, 호태야……!"

"손호태!"

"어. 왔어?"

민선이 부르자 호태가 곧바로 뒤를 돌아보았다.

갑자기 만나자고 해서 설레기도 했지만 아까 카페에서의 일도 있었던 터라, 골치 아픈 일에 휘말린 건 아닌지 걱정이 되던 참이었다.

"무슨 일 있어?"

"무슨 일이 있는 건 아니고……. 이거."

호태가 소복한 털에 둘러싸인 빨간 토끼 인형 모양의 가방 고리를 내밀었다.

"와, 귀엽다!"

민선은 엉겁결에 인형을 받아들고 몇 번이고 만지작거렸다. 폭신한 감촉에 긴장했던 마음이 저절로 풀리는 것 같았다. 손에 닿을 때마다 느껴지는 포근한 온기. 행복을 만질 수 있다면 바로 이런 느낌일까?

"너 저번에 가방 고리 인형 떨어졌잖아."

"……아, 그거. 괜찮은데."

정작 민선 자신은 잊고 있었는데. 물론 떨어진 인형은 호태가 주워 주었으니 다른 의미로 소중하게 간직하게 되긴 했지만 호태는 아직 신경 쓰고 있었나 보다.

"혹시 마음에 안 들어?"

"아니, 아니! 그런 건 아니고…… 그냥 고맙고 미안해서."

"넌 고맙다는 말을 자주 하네?"

호태가 흥미로운 듯 그렇게 물었고, 민선은 대답할 말을 잃고서 머리만 긁적였다.

"그런가?"

"그리고 너만 괜찮으면 우리 이거 같이 하고 다닐래?"

호태가 가방 고리 하나를 더 꺼내며 평소와 달리 조금 자신 없는 말투로 물었다. 민선에게 준 것과 같은 인형인데 색깔만 연한 분홍색이었다.

"왜?"

"솔직히 나, 전부터 너 좋아했거든."

"나, 나를?"

"좀 빠르긴 한데, 너만 괜찮다면 우리 사귈래?"

"나랑?"

맙소사. 이건 평소 하던 공상 같은 것과는 다르다. 눈으로 보고 귀로 들은 원 헌드레드 퍼센트 '진짜'!

이 순간 민선은 저도 모르게 지금 발을 딛고 있는 현실을 의심하게 됐지만, 그래도 기쁜 마음이 더 컸다.

평소 다른 아이들이 서로 사귀는 걸 보고 부럽다고 생각한 적은 없었다. 값을 매기듯 서로의 외모나 성적, 집안 따위를 품평하면서 보여 주기 위한 장식처럼 만나고 또 헤어지는 그런 건 싫었다.

물론 민선이 호태에게 처음 관심을 갖기 시작한 것도 외모

때문이긴 했지만, 또래의 다른 아이들과 달리 매사에 초연하고 자기 세계가 분명해 보이는 점에 훨씬 더 마음이 끌렸다.

특히 요즘 보여 준 강단 있으면서도 상냥한 모습은 호태를 '발견한' 자신을 칭찬해 주고 싶을 만큼 완벽했다.

그래, 내 생각대로였어. 호태는 다른 애들과 달라. 호태라면 내 모든 걸 있는 그대로 좋아해 줄지도 몰라. 그리고 나 역시 분명 그렇게 될 테고.

"싫어?"

"아니, 싫은 건 아니고……. 네가 왜 나 같은 거랑?"

무엇보다 바라왔던 일이긴 하지만 여전히 꿈과 현실의 경계에서 휘청이던 민선이 되물었다.

"너 같은 거라니? 스스로를 비하하지 마. 네가 얼마나 예쁘고 귀여운데."

"진짜?"

"응. 내 눈엔 네가 세상에서 제일 예뻐."

"호태야……."

호태의 얼굴이, 그리고 입술이 천천히 다가왔다. 민선은 자신도 모르게 눈을 꾹 감았다.

하지만 입술은 와 닿지 않았다.

대신 얼굴 바로 앞에서 금속성의 찰칵, 소리가 울려 퍼졌다. 눈을 감고 입술을 내민 민선의 얼굴이 호태의 핸드폰 액정에 가득 담겼다.

동시에 호태의 입술에서 프흡, 하는 웃음소리가 샜다. 작은 비웃음은 곧 폭소로 이어졌다. 마치 세상에서 가장 즐거운 일을 만족스럽게 해낸 사람 같은, 자신이 하는 일이 나쁜 짓인지도 알지 못하는 어린애 같은 웃음은 그칠 줄을 몰랐다.

"씨발, 존나 웃겨!"

미친 사람처럼 웃어대던 호태가 어느새 뒤에 와 있던 혜지 무리에게 핸드폰 화면을 보여 주었다.

"야, 이거 봐. 존나 웃기지 않냐?"

"치워. 더러워."

혜지가 얼굴을 찌푸렸다.

"아, 이 표정! 현실 파악은 됐지만 도무지 인정 안 되는 이 표정! 너무 마음에 들어."

민선이 고개를 숙여 피하자 호태는 억지로 민선의 턱을 잡아 돌렸다.

"고개 돌리지 마, 돼지 년아. 내가 이거 보려고 얼마나 노력 했는데!"

아무 생각도 할 수 없었다. 아무 말도, 그 어떤 행동도.

정말로 강렬한 감정은 어쩌면 머리보다 몸으로 먼저 와 꽂 히는지도 모른다. 그래선지 불에 덴 듯 쓰라렸다. 칼로 벤 듯 아팠다.

민선을 바라보는 호태의 눈빛이 적나라한 비웃음으로 가득 했다.

내가 너 따위를 좋아해? 어떻게 감히 그런 생각을.

눈동자가 그렇게 말하고 있었다.

"저 변태 싸이코 새끼……."

용제가 고개를 설레설레 저었다.

호태가 훈수 두듯 용제의 말을 맞받아쳤다.

"보니까 좀 알겠냐? 역시 사람은 믿었던 상대한테 배신당했을 때 이런 좆같은 표정이 나와. 우리가 아무리 존나 괴롭히면 뭐해? 이런 표정이 안 나오는데. 그러니까 평소에 이런 표정 좀 하지 그랬어."

"그래도 그렇지, 애드립으로 아구창을 날리냐?"

카페에서 얻어맞은 분이 아직 가시지 않는 용제가 볼멘소리를 했다.

민선은 비행기를 타고 아주 높이 올라온 것처럼 귀가 먹먹했다. 호태와 용제가 하는 얘기들이 이명처럼 울려왔다.

"메소드 연기 몰라? 내가 진짜 정의의 사도라고 생각하니까 너희가 쓰레기처럼 보이더라."

"됐고, 이제 정리하자. 야, 돼지!"

세민이 태희의 어깨에 팔을 두르고 끌어당겼다. 태희는 계속 고개를 들지 못하고 있었다.

"이 시나리오 얘가 쓴 거거든. 호태가 만족하면 셔틀 풀어 주는 걸로 거래했지. 호태, 이 정도면 만족?"

"만족."

호태의 오케이 사인이 떨어지자 용제가 태희를 향해 짐짓 박수를 쳐 보였다.

순간 정신이 돌아왔다. 머리부터 발끝까지 얼음물을 뒤집어
쓴 것처럼, 아주 높은 곳에서 내동댕이쳐진 것처럼.

"야, 너 재능 찾았다? 이 참에 작가로 나가."

"변태 짓 한 번 거창하게 한다."

비아냥대는 용제와 혜지에게 호태가 선심 쓰듯 말했다.

"내가 우리 아빠한테 말해서 추천서 하나씩 써 준다니까. 존
나 남는 장사 아니냐?"

"야, 너는 이제 셔틀 끝났으니까 가."

세민은 내내 부여잡고 있던 태희의 어깨를 놓아주었다.

그런데 호태가 그 자리를 피하려는 태희를 가로막았다.

"잠깐만. 친한 친구 배신하니까 어때? 막상 해보니까 존나
재밌지?"

"야, 그만해!"

세민이 너무하다 싶었는지 호태를 제지했다.

"죽을래?"

"미안⋯⋯."

호태가 다그치자 세민은 이내 기가 죽어 사과했다.

"빨리 말해 봐. 어때?"

"민선아, 미안해……. 나도 살고 싶어서……."

가장 친한 친구인, 아니 친구'였던' 태희가 울음을 터뜨렸다.

"아, 존나 싸가지 없네? 친구 인생 박살내 놓고 너만 살겠다고 그러면 다야?"

"……."

"얘 트라우마로 인간 못 믿게 되면 어떡할래? 존나 의리 없는 쓰레기 새끼. 야, 꺼져."

"응?"

"꺼지라고."

호태의 말이 끝나기가 무섭게 태희는 달아나 버렸다.

"자, 앞으로 네가 우리 셔틀하면 돼."

민선은 세민의 말을 듣고 나서야 깨달을 수 있었다. 태희가 자기 대신 민선을 괴롭히는 조건으로 이 어처구니없는 계획에 참여했다는 걸.

포식자가 있는 이상 교실의 피식자는 절대로 사라지지 않는다. 계속 존재하면서 그저 간혹 수가 적어지거나, 많아지거나, 혹은 지금처럼 대상을 옮겨 다닐 뿐.

민선의 생각에 방점을 찍듯 용제가 싸늘하게 선고했다.

"상시 대기, 카톡에는 칼답, 전화는 10초 이내에 안 받으면 죽는다?"

"앞으로 나랑 재밌게 놀자."

호태가 민선에게 얼굴을 가까이 대고 활짝 웃어 보였다. 일행에게 끌려 멀어져 가는 동안에도 민선이 동경하고 좋아했던 그 얼굴은 히죽대며 민선을 조롱했다.

"사랑해. 어? 사랑한다고!"

"오늘 좋은 일이…… 안 일어났네."

민선이 스르르 주저앉았다.

그날부터 제대로 먹을 수도, 잘 수도 없었다. 그저 푹 퍼진 진흙더미처럼 침대 위에 늘어져 있었을 뿐.

참지 못한 진희가 닦달했다.

"언제까지 이러고 있을 거야? 벌써 한 달째잖아."

"……너 그거 알아? 해파리는 심장이 없대. 내장도 없고. 그래서 죽지 않고 바다 속을 영원히 떠돌아다닐 수 있다더라."

"아, 박민선. 또 무슨 쌉소리야."

"해파리로 태어났으면 좋았을 텐데."

"근데 넌 인간으로 태어났잖아."

"죽을 거야."

"뭐?"

"어차피 살아도 난 걔네한테 죽을 거야."

"아니, 걔들이 뭐 진짜 죽이기라도 하냐? 그리고 네가 잘못한 게 없는데 왜 상처받아야 돼?"

"……."

"그렇잖아. 당한 건 넌데 왜 또 계속 당해야 하냐고."

"……."

"이상하지 않아? 이상하지 않냐고!"

진희가 민선의 몸을 잡아 흔들었다.

"나도 모르겠다고……! 나도 모르겠단 말이야."

정말이지, 울고 싶지는 않았다. 하지만 의지와는 상관없이 울음이 터져 나왔다. 아주 깊은 곳에서 무언가가 끊임없이 울컥울컥 치밀어올라 호흡이 가빠졌고, 눈물은 멎을 기색이 보이지 않았다.

말문이 막힌 듯 조용히 옆에 앉아 있던 진희가 갑자기 뭔가 떠오른 듯 입을 열었다.

"그래. 넌 이미 한 번 죽은 것 같아."

"뭐?"

"이미 죽었다고. 네 말대로."

진희가 민선의 눈을 똑바로 응시했다.

"민선이는 더 이상 민선이로 살아갈 수가 없는 거지."

"그럼 어떡해?"

"죽었으니까 다시 살아나야지."

"다시 살아?"

"새로 태어나자."

"난 더 이상 사람을 믿기도, 살아가기도 무서워."

"그럼 계속 이렇게 있을 거야? 아무것도 안 하고 평생 동안? 넌 해파리가 아니라서 힘들걸?"

"내가 뭘 어떻게 해야 되는데?"

"복수."

"복수하면 다시 살 수 있어?"

"아, 왜 그런 말 있잖아. [복수는 건강에 좋다.]"

"어디서 그러는데?"

"영화 〈올드보이〉, 안 봤어?"

"일단 살을 빼. 아무도 널 무시하지 못하게."

진희가 플랜을 짜고 발족한 일명 '복수를 위한 재탄생 프로그램(현재 회원 수 2명)'의 첫 번째 미션이었다.

"넌 고도 비만까지는 아니고 일단 젊으니까 달리기 같은 유산소 운동으로도 충분히 뺄 수 있어."

진희는 그렇게 자신했지만, 취미라고는 누워서 책을 읽는 것밖에 없던 민선은 100미터만 달려도 당장 쓰러질 것 같이 숨이 차올랐다.

"가자, 가자, 가자!"

러닝메이트 겸 코치를 자청해 옆에서 뛰는 진희가 외쳤다.

"재촉 좀 하지 마! 양쪽 다리에 쌀자루 하나씩 묶어 놓은 것 같다고. 게다가 너무…… 숨차!"

"그건 바로 전형적인 운·동·부·족."

"……."

"어떡하냐. 운동 부족을 해결할 방법은 운동밖에 없는데."

어차피 다른 할 일도 없어서, 그래서 민선은 달렸다.

처음에는 그저 눈앞이 캄캄하고 흐릿하기만 했는데, 하루하루가 지나갈수록 지나치는 풍경의 빛깔이 또렷해졌다. 꽃이 피는 날도, 지는 날도, 앙상하게 드러난 나뭇가지를 밤사이 내린 눈이 감싸고 있는 날에도.

넋을 놓고 기계적으로 팔다리를 움직이던 날들은 지나가고 점차 머리가 차가운 물로 씻어낸 것처럼 맑아졌다. 탁, 탁, 탁. 규칙적으로 내딛는 걸음은 어느새 날개를 단 듯 가벼워져 있었다.

그러면서 점점 생각이 정리되어 갔다.

처음 학교에서 도망쳐 집 안에 자신을 가뒀을 때는, 호태의 핸드폰에 찍힌 사진이 퍼져 전교생의 놀림거리가 되었다는 생각에 치욕감을 견디기 힘들었다. 자신이 얼마나 바보였는지 곱씹는 것 외에는 아무것도 할 수 없었다.

반년가량 시간이 흐르자 차츰 진짜 목표들이 생겨났다. 거기에 어떤 이름을 붙여도 좋다. 복수? 뭐 그것도 나쁘지 않겠지.

이제는 그저 그 생각뿐이었다.

'그 애들이 계속 그렇게 하게 둘 순 없어.'

특히 학생회장이라는 위치와 아버지의 권력을 이용해 일진들을 수족처럼 부리면서 자신의 진짜 모습을 숨기고 있던 그애, 손호태. 비열한 그 애만큼은 절대로 그냥 둘 수 없다.

이대로라면 피해자는 민선 하나로 끝나지 않을 게 확실했다. 다른 피해를 막는 것, 그것 하나만으로도 민선이 하고 있는 건 충분히 의미 있는 시도였다. 과연 얼마나 효과가 있을지는 모르겠지만.

나 같은 고통을 겪는 사람이 다시는 없었으면 좋겠다는 것, 아니 없어야 한다는 것. 그 마음만으로도 민선의 결심은 날이 갈수록 견고해졌다.

"오늘은 이걸 볼 거야."

진희가 TV로 재생시킨 것은 놀랍게도 민선이 좋아하는 애니메이션이었다.

매일 이어지는 하드트레이닝에 찌들어 거의 반노예 상태가 된 민선은 자기도 모르게 "어……, 오늘 내 생일이야?"라고 물었다가 한심해하는 눈길만 잔뜩 받았다.

진희는 볼륨을 높이면서 강한 어투로 말했다.

"보면서 들어. 온 정신을 집중해서."

애니메이션 한 편이 끝나자 진희가 물었다.

"여기서 주인공 절친으로 나온 빨강머리 캐릭터 있지? 그 캐릭터 성우가 몇 개의 역할을 맡았다고 생각해?"

"응? 하나 아니야? 걔는 거의 준주연이잖아."

"틀렸어. 주인공 친구, 이웃집 할아버지, 고양이, 주인공이 좋아하는 여자애의 오빠……. 대충 합쳐서 열 개는 될걸?"

"으에에엑?"

"성우는 어려운 직업이야. 예쁘고 좋은 목소리를 내는 게 전부가 아니라 캐릭터에 따라 목소리를 완전히 바꿔 가면서 연기해야 하기 때문이지. 자신의 진짜 목소리는 완벽하게 감추고서. 그래서 한 사람이 동시에 여러 역할을 할 수 있는 거야. 여기엔 물론 재능이 중요해. 하지만 노력만으로 해내는 사람들도 있어."

진희가 정한 '복수를 위한 재탄생 프로그램' 두 번째 미션은 목소리를 바꾸는 것이었다. 아주, 아주 철저하게, 친한 친구도 눈치채지 못하도록.

완벽하게 이전과 다른 사람이 되기 위해서는 확실히 필수불가결한 조건 같았다.

진희의 말에 완전히 설득된 민선은 그날부터 목소리를 바꾸기 위한 특훈을 거듭했다.

롤 모델은 갓 스무 살이 되었지만 뛰어난 발성과 딕션으로 찬사를 받고 있는 신인 여배우로 정했다. 민선은 이 배우가 출연한 작품을 섭렵하는 건 물론 다른 성우들의 테크닉, 드라마나 광고 속에서 잠시 스쳐 지나가는 단역의 목소리까지 모두 귀에 담으려 노력했다.

"안녕하세요. 저는 박민선입니다."

"그냥 박민선 아닌 척하는 박민선 같은데."

쉽게 넘어갈 리가 없지. 지금 빙글거리는 이진희가 꽤나 즐거워 보인다는 게 혼자만의 착각일까?

"안녕하세요! 좋은 아침입니다!"

"다시."

"안녕하세요……. 안녕하세요. 안녕하세요!"

"다시."

"안녕하세요. 만나서 반갑습니다. 이번에 전학 온 박민선입니다. 다들 반가워. 친하게 지냈으면 좋겠어."

맑고 또렷한, 생기 넘치는 목소리가 귓가에 와 닿았다.

이런 목소리가 자신의 입에서 나올 수 있을 거라곤 한 번도 생각해 보지 못했다. 수백 번, 수천 번에 걸친 연습이 그걸 가능하게 해 준 것이다.

하지만 한참 생각에 잠겨 있던 진희가 말없이 고개를 갸웃거렸다.

"이번에도 꽝이야? 다시 할까?"

"아냐, 목소리는 좋아. 톤은 중간보다 조금 높지만 붕 뜨지 않고 차분해. 말을 할 때 있어선 속도가 진짜 중요한데 끊어 읽기나 속도가 딱 좋았어. 그야말로 미소녀의 목소리다운 느낌이랄까?"

"그런데 왜?"

예상 밖의 칭찬 세례가 민선을 기쁘면서도 불안하게 했다.

"이름도 바꿔야겠어. 민선이는 더 이상 민선이로 살아갈 수 없으니까."

"어……?"

"할 거면 좀 더 완벽하게 하자."

그리하여 민선은 급작스럽게 개명신청서 앞에 마주앉았다.

전 이름 박민선, 바꿀 이름 박여빈.

스스로에게 새 이름을 주고 나자 목소리를 바꾸는 데에도 한 층 탄력이 붙었다. 용기를 내어 다시 한 번 연습해 본다.

"안녕하세요. 저는 박여빈입니다."

가냘픈 듯하지만 힘이 실린 또렷한 목소리와 발음. 진희의 말대로 누구에게나 사랑받는 여자아이를 떠올릴 만한 목소리였다. 민선 자신조차도 속아 넘어갈 만큼.

'개명' 전, 진희가 내린 처방이 하나 더 있었다.

"화장법을 공부해. 십대들은 누구보다 외견에 민감하니까."

인터넷 곳곳에 도사리고 있는 수많은 화장법 영상들의 비포-에프터 모습은 군침을 흘리게 하기에 충분했지만 거기 도달하기까지 넘어야 할 산이 아직 너무 많았다.

일단 화장품이라곤 세수 후에 바르는 로션과 편의점에서 산 핸드크림이 전부인 현실을 마주할 수밖에 없었다.

의기소침해진 민선, 아니 여빈은 진희의 강력한 푸시로 백화점에 가서 모든 화장품 매장의 화장을 받아 보기로 했다. 일주일을 꼬박 순례한 끝에 드디어 자신에게 꼭 맞는 화장법을 찾아냈다. 십대 후반부터 이십 대 초반에게 어울리는, 투명하면서도 이목구비가 도드라지고 얼굴이 작아 보이는 메이크업.

여빈은 그 매장에서 사용한 화장품을 전부 구입했다. 피부 트러블을 막아 준다는 수분 크림과 은은한 광채를 더해 준다는 에센스, 답답함 없이 얇게 발리지만 얼굴을 매끈하고 생기 있게 해 주는 파운데이션과 프라이머, 결결이 자연스러운 눈썹을 그릴 수 있는 아이브로우 펜슬, 눈 위와 아래에 살짝 포인트를 주는 진한 갈색 아이라이너, 속눈썹을 풍성하고 길어 보이게 해 주는 마스카라, 사랑스러운 블러셔와 너무 튀지 않는 코랄색이 가미된 핑크색 틴트까지.

로션과 핸드크림뿐이었던 화장대는 어느덧 보기만 해도 소녀의 마음을 설레게 할 만한 화장품으로 가득 찼다.

뷰러로 속눈썹을 올리다 세 번에 두 번은 살을 찝어 비명을 지르고, 울퉁불퉁한 아이라인을 지우고 다시 그리기를 수백 번. 처음에는 이름조차 몰랐던 화장품들도 점차 익숙해져 손에 착 붙게 되었다.

그리하여 한 달 만에 여빈은 손이 떨려 아이라이너가 빗나가거나 색조가 과해지는 일 없이, 누가 봐도 예쁜 투명 메이크업을 할 수 있을 정도로 능숙해졌다.

"좋아, 합격."

진희가 엄지손가락을 척 들어 보였다.

그렇게 긴지 짧은지 모를 1년이 지났다.

새로 맞춘 교복을 처음으로 입어 본다. 거울 속에서 군살이라곤 전혀 없는, 윤기가 흐르는 긴 갈색 머리의 여자아이가 틴트를 바른 촉촉한 입술로 말한다.

"저는, 박여빈입니다."

"와, 완전 딴 사람이다!"

감탄하는 진희에게 민선, 아니 여빈은 뒤늦게나마 감사의 인사를 했다.

"고마워. 다 네 덕분이야."

진희가 빙긋 미소 지었다.

"내가 뭘. 난 네가 만든 환상인데."

"응."

여빈이 고개를 끄덕이자 진희는 원래부터 없었던 것처럼 사라졌다.

여빈은 심한 어지러움을 느끼며 휘청거렸다.

잊고 있던 것 혹은 잊으려 했던 것을 떠올리고 나면, 언젠가부터 장난감 블록을 허술하게 쌓아올린 곳에 위태하게 서 있는 기분이 들었다. 곧이어 찾아오는 건 바닥이 산산조각 나 무너져 내리는 느낌. 귓속에 삐, 하며 날카롭게 울리는 이명과 함께.

머리가 깨질 것 같은 두통에 잠시 벽에 기대 정신을 가다듬은 여빈은 쓰게 웃었다. 그래, 진희는 언제나 여빈의 곁에 있었다. 집이건 학교건, 여빈이 곤란한 일을 당할 때마다. 그럴 수 있었던 이유는 바로…….

"이제 기억났어. 진희 넌 날 지켜주는 수호천사가 아니야. 내가 만들어 낸 환상이지."

거울을 바라본다. 금실처럼 가늘고 긴 갈색머리. 옆머리에는 살짝 웨이브를 넣어 변화를 주었다. 주먹만 한 얼굴에 가득 찬 이목구비.

"이젠 내가 날 지켜."

그렇게 중얼거리자 거울 속의 장미꽃잎 같은 입술이 예쁜 호선을 그린다.

'복수를 위한 재탄생 프로그램'은 완벽히 성공했다. 예전의 모습은 그 어느 곳에서도 찾아볼 수 없는, 길을 가면 누구나 돌아보고 시선을 떼지 못하는 아마 학교 전체를 통틀어 가장 예쁜 여자아이가 살기 어린 얼굴로 또박또박 한 글자씩 읊었다.

"다 죽여 버릴 거야."

2화
나를 괴롭혔던 일진이 내게 반했다

'변신' 이후 처음으로 여빈은 새로 맞춘 교복을 입고 학교로 향했다.

그런데 앞에 가는 사람의 모습을 확인한 여빈의 걸음이 갑자기 빨라졌다.

"갑자기 왜 그러는데?"

당황한 진희가 여빈의 팔을 잡았다.

"앞에 가는 쟤, 박용제잖아."

"그래서? 뭐하려고?"

"칠 거야."

"뭐?"

"뒤통수를 칠 거야."

여빈의 의기양양한 대답에 진희는 어이가 없어졌다.

"복수한다는 게 그냥 쥐어 팬다는 거였어?"

물음에 아랑곳없이 여빈이 달리기 시작한다.

"야야, 야!"

진희가 만류할 새도 없이, 여빈은 달려가 경쾌하기까지 한 손놀림으로 용제의 머리를 후려쳤다.

"지훈아, 안녕!"

팔에 힘을 가득 실어 위에서 아래쪽을 향해 내리친 탓에 용제의 몸이 앞으로 기울어지며 휘청였다.

"아이, 씨! 어떤 새끼야!"

예상 외의 일격으로 굽혀진 허리를 일으키는 용제의 목소리에 짜증이 가득 담겨 있었다.

여빈은 태연하게 어깨를 으쓱이며 대답했다.

"어? 미안. 내 친구 지훈이랑 뒤통수가 너무 닮아서."

용제는 직감했다. 이 순간이 아주 오랫동안 자신의 기억 속에서 재생되리라는 걸. 사람의 시야가 한순간에 그렇게 많은 것을 담아낼 수 있다는 걸 용제는 처음 알았다.

그 애가 서 있는 곳에만 세상의 모든 빛이 내리쬐는 것 같았다. 또렷한 이목구비와 투명한 피부, 날아갈 듯 가냘프면서도 날렵한 몸, 결 좋은 머리카락뿐 아니라 머리카락을 쓸어 넘기는 하얀 손과 작은 손톱까지 사진을 찍듯 머릿속에 각인되었다.

마음이 찡해졌다.
뭐라고 표현하면 좋을까, 감동과도 비슷한 느낌이었다. 처음 보는 여자애의 손톱 같은 것에도 사람은 감동할 수 있는 모양이다.
"아……, 아니야. 내 뒤통수가 잘못했네."
사실은 착각해 줘서 고맙다고 인사하고 싶은 것을 꾹 눌러 참고 용제는 그렇게 얼버무렸다.

반가워서 그랬다기엔 팔에 힘이 좀 많이 들어간 것 같았지만, 그건 지훈이라는 놈에게 분명 문제가 있는 거고 그런 놈과 뒤통수가 닮은 나에게도 몇 프로쯤은 잘못이 있는지도 모른다고 생각했다.
같은 학교 교복을 입고 있는 기적 같은 소녀 앞에서, 어쨌든 용제의 사고회로는 그런 결론을 내렸다.

"미안. 나중에 아플 수도 있으니까 내 연락처 알려 줄까?"

이 세상에 존재할 것 같지 않은 여신이 예쁜 입술을 움직이며 용제의 귀를 의심하게 만드는 제안을 건넸다.

"연락처를? 진짜?"

"응."

용제가 재빨리 핸드폰을 꺼내 건네자 '여신'이 전화번호를 입력했다.

"여기."

다시 핸드폰을 받아들면서도 새어 나오는 웃음을 그칠 수 없었다.

"너 이름이 뭐야?"

잽싸게 번호를 저장하며 용제가 물었다.

"나? 박여빈."

"아."

여빈, 여신. 자음 하나 차이. 정말이지 어울리는 이름이라고 용제는 생각했다.

"아프면 꼭 얘기해."

여빈이 당부하듯 말했다.

다정하고 예의바르기까지. 역시 예쁜 얼굴에 예쁜 마음이 깃든다니까.

용제가 고개를 마구 끄덕였다.

"응."

여빈이 등을 돌려 저 앞으로 걸어갔고, 용제는 핸드폰에 찍힌 이름과 전화번호 열한 자리를 몇 번이고 확인하듯 들여다보았다.

"아이, 난 또 맞짱 뜬다는 줄 알았잖아."

다시 여빈 곁으로 온 진희가 십년감수했다는 듯 투덜거렸다.

"그럴 거면 옛날이 낫지. 체급도 더 높고."

어차피 가진 건 덩치뿐인 '돼지'였으니 한 번쯤 미친 척 들이받았어도 좋았을 텐데, 왜 그러지도 못했을까. 바보 같은 박민선은.

"근데 왜 호태가 아니고 용제한테 먼저 말을 걸어?"

"호태한테 바로 접근하는 건 좀 위험한 것 같아. 날 못 알아보는지 파악도 해야 하고."

"그래. 미친놈이긴 한데 확실히 눈치는 빠른 것 같더라."

여빈의 말에 진희도 동의했다.

"아래서부터 차근차근 걔네 무리를 다 찢어 놓을 거야."
여빈의 목소리가 얼음처럼 차가웠다.

언제나처럼 용제와 호태, 혜지, 세민이 모여 앉아 있었다.
"아이, 씨……! 왜 이렇게 안 와?"
세민의 목소리에 짜증이 가득 담겨 있었다.
"야!"
담배 한 개비를 문 채 생각에 잠겨 있던 용제를 부른 건 호태였다.
"어?"
"너 뭔 생각 하냐?"
"아, 그냥."
대충 잘 얼버무렸다고 생각했는데, 호태가 몸을 기울여 용제의 얼굴을 아주 샅샅이 들여다보았다. 꼭 무언가를 캐내려는 듯이 .

아버지가 병원장에 외할아버지는 학교 재단 이사장. 선생들도 함부로 터치 못할 배경에다 스스로도 능숙하게 모범생을 연기하는 탓에 호태의 본색을 아는 사람은 그리 많지 않다.

남을 괴롭히는 것에서 유일하게 기쁨을 느끼는 사이코이지만, 대부분 직접 나서는 대신 뒤에서 사주하니까.

하지만 가까이서 어울려 본 용제는 그의 잔인함을 아주 잘 알고 있었다. 때문에 무슨 생각을 하고 있는지 알 수 없는 호태의 표정이 늘 무서웠다.

"뭔 일 있네. 너 무슨 재밌는 일 생겼지?"

용제가 재빨리 무표정을 가장했지만 호태는 넘어가지 않았다. 입은 웃고 있지만 눈은 웃지 않는다. 그 찌르는 듯한 시선을 마주하면 인정하긴 쪽팔리지만 좀 주눅이 드는 게 사실이었다.

"그게, 너네 혹시 박여……."

호태의 기에 눌려 말해 버릴 뻔했던 스스로를 자각하고 용제가 급히 입을 다물었다.

호태만은 안 돼. 이 새끼한테 말하면 무슨 짓을 할 게 분명해. 화제를 돌리자.

"그, 박민…… 뭐였지? 1년 전쯤에."

"박민선."

모두의 시선이 용제에게 쏠린 가운데, 대답한 건 예상대로 세민이었다. 세민은 무리 중에 마음이 가장 약한 데다 박민선에게 했던 '장난'에도 계속 신경이 쓰이는 눈치였다.

　"아, 맞다. 걔 아직 못 찾았어?"

　"응. 학교는 휴학 처리돼 있고, 집은 이사 간 것 같고. 번호도 결번이라고 뜨던데? 진짜 증발해 버렸다니까."

　그냥 신경이 쓰이는 것을 넘어 찾기까지 했던 모양이다.

　'찾아서 뭘 어떡하려고.'

　제일 먼저 든 생각이었지만 용제도 썩 뒷맛이 좋지는 않았다.

　"하! 나 잠수이별 당한 거야?"

　여자애 하나의 삶을 그렇게까지 뭉개 놓고 오히려 짐짓 우는 소리를 한다. 이게 전형적인 호태 스타일이다.

　호태의 여자친구를 자처해 웬만해선 호태 편을 드는 혜지도 넌더리가 났던지 쏘아붙였다.

　"그러게 좀 작작하지 그랬어. 애가 얼마나 충격 먹었으면 도망을 가냐?"

"근데……."

혜지의 말을 가볍게 무시한 호태가 용제에게 얼굴을 노골적으로 들이댄 채 마주 보았다. 취조는 아직 끝나지 않은 것이다.

"너 뭔데 나한테 말 안 하냐?"

"아, 아무 일 없다니까!"

"너 여자 생겼지?"

용제가 뭐라고 대답하기 전에 호태가 용제의 어깨를 잡았다. 잔뜩 힘이 들어간 손에 자칫 아픈 기색을 보일 뻔한 것을 애써 억눌렀다.

"농담."

호태가 입꼬리를 씩 올렸지만 여전히 눈은 웃지 않는 채였다.

'셔틀'이 검은 비닐봉투를 들고 나타났다.

이름은 기억나지 않는다. 그냥 뚱뚱한 애. 돼지. 차라리 '셔틀'이 낫지 않을까?

셔틀이 입은 교복 치마의 배 부분이 잔뜩 부푼 데다 아래는 마구 주름져 울어 있는 것을 보면서 용제는 꽤 혐오스럽다고 생각했다.

박민선, 걔도 저렇게 생겼었지. 셔틀과 박민선 둘을 나란히 세워 놓고 누가 누구인지 구별하라고 하면 해낼 자신이 없다.

게다가 여빈이를 생각하면 그 셋이 같은 또래의 여자애들, 아니 같은 생명체라는 사실이 믿기 힘들 정도였다.

"진짜 금단 오기 직전이었는데."

세민이 반기며 봉투 안의 담배를 꺼냈다.

반면에 혜지는 기분이 상한 듯 날카롭게 물었다.

"내 레종은?"

셔틀이 눈을 내리깐 채 웅얼웅얼 변명했다.

"그게, 댈구(대리구매) 아저씨가 없다고 해서……."

"야! 없으면 딴 데서 사 오라고 해야지. 이런 거 하나 똑바로 못하냐?"

혜지가 무섭게 노려보며 다그쳤다.

"말씀 드렸는데…… 뒤에 바로 일이 있으시다고……."

"그럼 너라도 가서 사 와. 뭐하고 있어?"

"나는 청소년이라 담배 구매가……."

하. 혜지가 기가 차다는 듯 헛웃음을 짓고서 소리쳤다.

"야! 누가 그걸 몰라서 물어?"

"미안……."

그 광경을 보고 있던 세민이 혜지를 만류했다.

"야, 일단 내거 같이 피워. 반 줄게."

"진짜?"

"어."

담배를 확보한 혜지는 언제 화를 냈냐는 듯 생긋 웃었지만 호태는 상황이 일단락된 것에 심기가 편치 않은 느낌이었다.

때문에 취조 대상은 용제에서 세민으로 바뀌었다.

"넌 꼭 재밌으려고 하면 끊더라?"

"그, 그래?"

세민이 화들짝 놀라 말을 더듬었다.

"뭐 영웅 놀이 하는 거야?"

"아니. 담배 못 사 오는 거 뻔히 아는데 계속 사 오라고 하는 것도 좀……."

"야!"

세민은 무리 중 가장 평범해 보이지만 강단이 있는 편이다. 하지만 호태가 갑자기 소리를 버럭 지르자 어쩔 수 없이 움츠러들었다.

"……어?"

"한 번만 더 그러면 네가 셔틀이다, 알겠냐?"

호태가 최후통첩처럼 날린 말에 세민은 완전히 주눅들었다.

"응······."

그 모습을 보며 용제는 다시 한 번 다짐했다.

'역시 이 새끼한테는 말하지 말자.'

[나 그때 길에서······]

PC방에 가는 길에 용제는 카톡 메시지를 쓰다가 이내 지워 버리고 창을 닫았다. 전화를 거는 게 나을 것 같아서였다. 목소리도 듣고 싶었고.

"아, 아, 흠."

헛기침을 하고 목소리를 가다듬은 후 여빈의 번호를 찾아 통화 버튼을 눌렀다. 화면에 '박여빈 연결 중'이란 글자가 뜨고 오래 지나지 않아 여빈이 전화를 받았다.

[여보세요.]

"아, 그게······ 저번에 길에서 머리 맞았던······."

길에서 머리 맞았던 놈이라니. 스스로를 소개하는 말로는 '가오' 상하기 짝이 없었지만, 다행히도 여빈은 대번에 알아듣고 걱정스러운 목소리를 냈다.

[아! 머리는 괜찮아?]

"응……."

곧이곧대로 대답하려던 용제는 급히 말을 바꿨다.

"아니! 갑자기 막 아픈 것 같아!"

맑은 하늘, 살랑이는 바람에 맞춰 손을 흔들 듯 날리는 나무 이파리들. 보이는 곳마다 생기로 넘쳐나는 그런 날이었다.

용제는 근처 놀이터 앞에서 여빈을 기다리고 있었다. 어딘가가, 아마도 심장이 간질거려서 어릴 때처럼 마구 발을 구르며 그네를 타고 높이높이 올라가고 싶은 기분이었다.

"용제야!"

사실 맞은 부위가 정확히 어디였는지도 기억 안 난다. 그러면서도 굳이 아픈 척한 건 여빈을 불러내기 위한 용제의 빅픽쳐였다.

"어, 왔어?"

"머리 많이 아파?"

걱정이 어린 크고 맑은 눈동자에 자신의 모습이 비치는 것은 한 번도 경험해 보지 못한 희열이었다. 그래도 거짓말을 한 게 조금은 마음에 걸려서 한 발 물러서기로 했다.

"지금은 괜찮은 것 같기도 하고……."

"혹시 몰라서 내가 약 사왔거든. 아프면 이거 먹어."

"고마워."

용제가 미소 지으며 약 봉투를 받아들자 여빈은 곧바로 돌아섰다. 간다, 라는 짧은 말 한마디만 남기고서.

"야! 그냥 가도 돼?"

그네 뒤에서 그 모습을 지켜보고 있던 진희가 당황한 듯 여빈에게 물었다.

"걱정 마. 백퍼 말 걸 거야."

그렇게 말한 여빈이 카운트다운하듯 천천히 숫자를 셌다.

"하나, 둘, 셋."

"잠깐만!"

딱 셋까지 셌을 때 용제가 여빈을 불렀다.

"저기……."

"할 말 있어?"

태어나서 한 번도 말하는 게 어렵다고 생각한 적 없었다. 잘 보이고 싶은 사람이 없었기 때문이다.

너무도 생소한 감정 앞에서 머리라도 쥐어뜯고 싶은 심정이었지만, 대신 애꿎은 교복 넥타이만 만지작거리며 용제는 자학에 빠졌다.

'무슨 말을 하지? 내가 이렇게 답답한 새끼였나? 아, 진짜 미치겠네……'

"좋아해……."

"어?"

갑자기 튀어나간 본심에 여빈이 눈을 동그랗게 떴지만 더 당황한 건 용제였다. 그래서 필사적으로 상황을 무마할 말을 찾았다.

"너, 너 좋아하는 거 뭐냐고. 아니면 뭐 필요한 거 있어?"

대충 잘 둘러댔다고 생각했지만 여빈의 입에서 나온 대답은 전혀 의외의 것이었다.

"아, 필요한 거……. 100만 원?"

"100만 원?"

"나 100만 원만 빌려 줄 수 있어?"

여빈이 대뜸 그렇게 물었고 용제는 당황한 나머지 말을 채 잇지 못했다.

"100만 원은……."

"하긴 너무 큰돈이긴 하지. 미안. 나중에 봐."

그렇게 말하며 등을 돌리는 여빈을, 용제는 붙잡지도 못하고 고개를 숙였다.

여빈은 진희와 함께 빨대를 꽂은 우유 하나씩을 들고 벤치에 앉아 있었다.

"너 돈 필요해?"

아까부터 묻고 싶은 눈치가 역력했던 진희가 드디어 말문을 열었다.

"아니."

여빈이 긴 속눈썹을 내리깐 채 살랑, 고개를 흔들었다.

"그럼 100만 원은 왜?"

"너 그거 알아? 선물은 받는 쪽보다 주는 쪽이 상대를 더 좋아하게 되는 거."

대답 치고는 꽤 엉뚱한 얘기였다.

진희는 되물었다.

"그게 무슨 말이야?"

"사람은 뭔가를 받는다고 해서 없던 마음이 생기지 않아. 근데 주는 사람은 마음이 생겨. 준비하면서 상대도 생각하고, 또 보상 심리도 생기고."

나직한 목소리지만 흘려들을 수 없는 또렷한 발음으로 여빈이 설명했다.

"근데 용제가 100만 원을 빌려 준다고는 말 안 했잖아?"

진희가 다시 물었다.

"일단 돈이 없으니까 그런 걸 거야. 그래도……."

"그래도?"

"구해 올 거야, 아마도."

"에이, 100퍼센트 확신은 아니네."

"학생이 갑자기 구하기엔 좀 큰돈이긴 하니까."

"진짜 구해 오면?"

"뭐, 계획을 더 빨리 진행시킬 수 있겠지?"

"야, 너 왜 이렇게 무서운 애가 됐냐?"

"무서운 게 아니라 같은 쓰레기가 돼 가는 거야."

담담히 대답하는 여빈의 목소리에 씁쓸함이 섞여 있었다.

이틀이 지났을 때 용제가 다시 여빈에게 전화를 걸어왔다.

부르는 장소로 도착한 여빈이 용제와 얼굴을 마주했다.

"무슨 일이야?"

"이거."

용제가 가방 안에서 하얀 봉투를 꺼내 여빈에게 건넸다.

"이게 뭐야?"

"100만 원."

여빈의 눈이 커졌다.

"너 돈 없는 거 아니었어?"

"게임기랑 폰 팔았어."

"게임기? 폰을 팔아? 폰 없으면 불편하잖아."

여빈이 걱정이 담긴 목소리로 묻자 용제는 조금 낡아 보이는 핸드폰을 꺼내 보여 주었다.

"예전에 쓰던 거 다시 쓰면 돼."

"아, 그렇게까지 안 해도 되는데."

여빈의 눈빛이 흔들렸다.

"아니야. 네가 이 돈이 필요한 이유가 있겠지."

여빈은 화가 났다. 자기 나름대로 무리한 부탁이라고 생각했는데 용제가 너무 쉽게 들어주어서. 그러면서도 아무 일도 아니라는 듯 싱긋 웃어 보였기 때문에.

'왜 이렇게 쉬워?'

나랑 친구라고 오해받으면 책임질 거냐고 비아냥대던 그날의 용제가 아직 뇌리에 선했다.

'왜 이렇게 달라?'

"상시 대기, 카톡에 칼답, 전화는 10초 이내에 안 받으면 죽는다?"

이제부턴 네가 셔틀이라며 그렇게 윽박지르던 것도 쟤였지, 박용제.

'왜 이렇게 상냥해?'

맞지는 않았지만 때리는 것보다 민선을 더 아프게 했던 그 말들 하나하나를 떠올렸다. 자신과 동등한 친구, 아니 사람 취급조차 하지 않는다는 게 너무도 역력했던 말들과 표정.

'예쁜 게 그렇게 중요해?'

자신이 계획한 일이고, 이 또한 그 시나리오에 포함된다는 걸 잘 알면서도 여빈의 마음이 차게 식었다.

"왜 그래?"

여빈의 머릿속에서 진행되고 있는 생각을 알 리 없는 용제가 의아한 듯 물어왔다.

입술을 깨문 여빈이 되물었다.

"언제 갚아야 되는지 안 물어봐도 돼?"

"아, 상관없긴 한데……. 언제 줄 건데?"

"한 10년 후?"

"10년? 알았어."

놀랍게도 용제는 선선히 고개를 끄덕였다.

"10년 후면 거의 안 준다는 거나 마찬가지인데 괜찮아?"

"그동안은 우리 계속 볼 거잖아."

오히려 잘됐다는 듯 용제가 그렇게 말하자 여빈은 속에서 치밀어 오르는 무엇인가를 더 이상 참을 수 없어졌다.

"하, 짜증나. 너 나 좋아해?"

"응."

"난 너 싫어."

낼 수 있는 가장 차갑고 매정한 목소리로 여빈이 잘라 말했다.

"어?"

뜻밖이라는 듯 놀라는 모습이 짜증을 한층 더했다.

"너 일진이잖아. 애들 셔틀 시키고 괴롭히는 나쁜 사람이잖아. 그런 사람을 어떻게 좋아해?"

"어떻게 알았어?"

"어떻게 몰라? 너네 엄청 티 내고 다니잖아. 나 필요 없어, 이거."

여빈은 돈 봉투를 거의 던지듯 내밀었고, 그 손길에 밀린 용제는 잠시 비틀거렸다.

"야!"

"너 같은 인간이랑 더 이상 엮이고 싶지 않아."

용제가 급히 여빈의 팔을 잡았다.

"놔."

"야아……."

"놓으라고!"

여빈이 용제의 손을 다시 뿌리쳤다.

"내가 어떻게 하면 돼? 내가 어떻게 하면 되냐고!"
용제가 급히 다가가 여빈의 앞에 섰다.
"내 앞에서 꺼져."
여빈이 눈살을 찌푸리며 대답했다.
"그런 거 말고. 어떻게 하면 너 계속 볼 수 있어?"
"꺼지라니까!"
"그만할게."
"뭘 그만해?"
"애들 괴롭히는 거. 그만한다고."

용제의 너무 빠른 선언에 여빈이 코웃음을 쳤다.
"와, 너 진짜 이기적이다. 그만한다고 하면 다야? 이제 너만
착하게 살면 그걸로 끝이야? 그동안 너한테 상처 받은 애들은
어떡하고?"
"사과할게. 내가 괴롭힌 애들한테 사과하고 지금 셔틀인 애
도 못하게 할게."
"내가 그렇게 중요해?"

"응."

계획상 용제는 이렇게 나와 주어야 한다. 그러나 기대했던 대답을 들었음에도 기분은 썩 좋지 않았다.

여빈은 용제의 눈을 똑바로 응시하며 냉기가 뚝뚝 떨어지는 목소리로 말했다.

"우리 몇 번 안 봤는데."

"첫눈에 반했어."

"……."

"첫눈에 반했다고. 너한테."

계속 엇갈리던 둘의 시선이 만났다.

셔틀이 검은 비닐봉투를 막 세민에게 건네려던 참이었다. 용제는 빠른 걸음으로 다가가 봉지를 빼앗아 5만 원짜리 지폐 한 장과 함께 셔틀에게 도로 건네주었다.

"뭐해?"

세민의 물음을 무시하고 용제는 당황한 채 서 있는 셔틀에게 말했다.

"가."

"너 뭐하냐?"

세민이 어이없는 얼굴로 다시 한 번 물었다.

용제가 셔틀을 향해 소리쳤다.

"가라고!"

"너 미쳤어?"

심기가 단단히 뒤틀린 듯 혜지가 날카롭게 채근했다.

"아니. 미친 건 우리지."

용제가 대답했다.

"넌 또 왜 그러냐? 요즘 뭐, 영웅 놀이가 유행인가?"

조용히 있던 호태가 나섰다. 무표정한 얼굴이었지만 먹이를 앞에 둔 포식자처럼 짓밟을 틈을 노리며 온 신경을 곤두세운 게 느껴졌다.

하지만 용제는 굴하지 않고 선언했다.

"나 이제 너희랑 안 다닌다."

"그래? 그럼 네가 셔틀 해."

호태가 선고라도 내리듯 말했다.

용제의 입에서 어이없는 헛웃음이 샜다.

"하……. 싫어."

용제가 거절하자 단박에 호태의 목소리가 사나워졌다.

"씨발, 이 새끼가 미쳤나?"

"저기."

유혈 사태를 몇 초 남기고 상황이 급변했다. 모두의 시선이 갑자기 말을 걸어온 사람에게로 향했다.

용제의 머릿속이 새하얗게 변했다.

"여빈아!"

일행 모두에게서, 특히 호태의 눈에서 여빈의 모습을 지워 버리고 싶었다. 하지만 용제의 마음과는 반대로 여빈은 태연한 얼굴로 그들이 있는 쪽으로 걸어왔다.

"미안. 내가 아까 애한테 성질 부렸더니 괜히 여기서 짜증내나 봐."

여빈이 생글거리며 호태에게 말하고는 곧바로 용제에게 웃어 보였다. 아까와는 달리 너무도 다정하게.

"미안해, 용제야. 나 화 다 풀렸어."

"진짜?"

이 상황에 얼떨떨하면서도 용제도 어설프게 따라 웃었다. 여빈의 화가 풀렸다면 어쨌든 더 바랄 건 없었다.

"응."

여빈이 고개를 끄덕였다.

"누구?

호태가 대뜸 묻자 여빈이 대답했다.

"나? 박여빈."

"너 존나 이쁘다."

칭찬치고는 살벌하게 말하는 호태의 얼굴에 드물게 만족스러운 웃음이 떠올랐다. 충분히 위협적일 수 있는 분위기임에도 여빈은 생긋 웃으며 말했다.

"고마워."

"새끼, 혼자 이렇게 예쁜 애 차지하려고 발광한 거냐?"

"넌 뭐하는 년인데 끼어들어?"

호태가 다른 여자애에게 지대한 관심을 쏟는 걸 가만히 두고 볼 혜지가 아니었다. 이내 분위기가 살벌하게 바뀌었다.

"나? 음, 용제 여사친?"

고개를 갸웃한 여빈이 곧바로 덧붙였다.

"아닌가? 짝녀인가?"

"하, 대박."
세민이 놀란 듯 고개를 절레절레 흔들었다.
"아, 너 미친년이구나? 야, 얘가 제 입으로 네 짝녀라는데?"
고양이처럼 올라간 눈을 한층 더 치뜨고 혜지가 용제에게 다그쳤다.
"맞아. 나 얘 좋아해."
망설임 없는 용제의 답에 세민의 눈이 커지고 혜지는 어이없다는 듯 하, 하고 숨을 내뱉었다.

그런 상황에는 조금도 관심 없다는 듯 대뜸 호태가 여빈에게 말했다.
"너 나랑 사귈래?"
"어?"
여빈은 눈을 동그랗게 떴다.
"야!"
혜지가 항의하듯 소리쳤지만 호태는 들리지도 않는 듯 깔끔히 무시하고 여빈과 대화를 이어갔다.

"어?"

"호태가 나한테 번호 따려고 할 때 막아 준 거잖아?"

"어."

"나 너한테 10퍼센트 반한 것 같아."

여빈이 어떤 표정으로 그렇게 말하고 있는지 보고 싶었지만,
지금은 그저 품에 있는 소중한 여자애의 존재가 벅찼다.

"진짜?"

용제가 떨림을 애써 누르며 팔을 들어 여빈의 등을 감쌌다.

3화
일진이 언니를 죽였다

"너 진짜 용제한테 마음이 생긴 거야?"

진희가 못마땅한 얼굴로 묻자 여빈은 침대에 비스듬히 누운 채 고개를 흔들었다.

"아니."

"그치? 10퍼센트 정도 반했다기에 깜짝 놀랐잖아."

안도하는 진희에게 여빈이 말했다.

"마음을 다 준 것 같으면 이용할 수가 없거든."

"그게 무슨 말이야?"

"내 마음은 걔한테 인질 같은 거야. 용제가 만족할 만큼 마음을 주지 않으면 걘 계속 내 뜻대로 움직일 테니까."

"가끔 느끼는 건데 너 진짜 무섭다."

도대체 어떻게 되어 가는 걸까.

사실 처음부터 이럴 계획은 아니었다. '박민선'은 정말 노력했다. 예뻐지기 위해. 복수하기 위해. 그럼으로써 비로소 살아가기 위해. 하지만 세상은 그렇게 호락호락하지 않았다.

눈을 질끈 감은 채 바들바들 떨며 민선이 체중계 위에 올랐다. 숫자를 확인한 진희가 기쁨의 탄성을 내질렀다.

"야! 5킬로나 빠졌어!"

"진짜? 나 지금 잘하고 있는 거야?"

"야, 당연하지."

기쁨에 들떠 자축하는 것도 잠시, 민선은 이내 차가운 현실과 마주했다.

"……근데 우리 목표만큼 빼려면 2년은 더 걸리겠다."

"그, 그래도 열심히 하고 있다는 게 중요하지."

"그치?"

현관에서 초인종 소리가 들렸다.

"누구세요?"

문을 연 순간 눈을 의심하지 않을 수 없었다.

"안녕?"

끝이 치켜 올라간 눈매. 앞에 있는 사람을 꿰뚫듯 응시하는 깊고 검은 동공. 손호태.

매일 놀러오는 절친이라도 되는 양 장난스러운 미소까지 띠고 있는 호태를 보고 민선의 몸이 딱딱하게 굳었다.

"여, 여기는 어떻게……?"

민선이 애써 목소리를 쥐어짜 물었다.

집 안을 둘러보던 호태는 그런 민선의 모습을 즐기는 것처럼 여유만만했다.

"이 정도쯤이야. 근데 학교는 왜 안 나오는 거야?"

"몰라서 묻냐? 너 때문이잖아!"

진희가 분에 찬 목소리로 소리쳤지만 호태의 귀에 가 닿을 리 없었다.

"그냥……. 몸이 좀 안 좋아서."

여전히 호태와 시선을 마주치지 못한 채 민선이 느릿하게 대답했다.

"그러게. 살도 좀 빠진 것 같다?"

"응……."

"난 또, 네가 살 빼고 예뻐져서 복수한답시고 학교에 안 오는 줄 알았잖아."

"어?"

민선의 목소리가 심하게 떨려 나왔다.

누구에게도 말하지 못한 비밀이 호태의 입을 통해 까발려지는 것을 들으니 머리채를 잡혀 검고 끈적한 늪 속에 내동댕이 쳐진 기분이었다.

"복수는 보통 자신이 당한 것과 비슷한 방법으로 하려 하거든. 처맞은 애들은 격투기 배워서 자기 때린 놈 패려 하고, 남들 앞에서 무시당한 애들은 똑같이 남들 앞에서 무시하는 걸로 갚아 주려 하잖아."

"……"

"근데 넌 나한테 사랑에 빠져서 당한 거니까 내가 널 사랑하게 만드는 방법으로 복수하려 하지 않을까?"

숨이 멎었다. 시공이 멈춘 가운데 호태의 말 한마디 한마디만이 글자로 형태를 이루어 소용돌이치는 것 같았다.

"……라고 생각했지."

호태가 다 이해한다는 듯 자못 연극적인 제스처로 양팔을 들어 보이며 말을 맺었다.

"어떻게 알았지?"

진희가 나직하게 중얼거렸다.

"근데 그러지 마."

마치 자신을 타이르기라도 하는 것 같은 호태의 말에 민선은 되묻지 않을 수 없었다.

"왜?"

"운동하고 화장 좀 한다고 해서 막 예뻐지지 않아."

반박하고 싶지만 그럴 수 없었다. 식단을 조절하고 운동으로 몸을 혹사시키면서도 민선 역시 내심으로는 끊임없이 그렇게 의심하고 있었기 때문이다.

비웃듯 민선의 얼굴과 몸을 훑는 호태의 시선은 굴욕적이고, 분하고, 너무도 아팠다.

"그리고 만약 네가 예뻐진다고 해도 난 너한테, 아니 누구와도 사랑에 빠지지 않을 거야."

민선은 멍하니 호태의 말을 반복했다.

"사랑에 빠지지 않아?"

"뭐, 예뻐지면 보기는 좋겠지만……. 근데 거기까지야. 난 사람한테 호의와 공감을 얻는다는 게 뭔지 모르거든."

"아."

대답할 말을 찾지 못하고 민선은 그저 작은 신음 같은 소리만 내뱉었다.

"개고생해서 살 배고 화장까지 하고는 학교에 짠, 등장했는데 효과도 없으면 얼마나 비참하고 허탈해? 너무 허탈해서 네가 스스로 죽기라도 할까 봐 걱정돼서 온 거야."

"걱정?"

"응. 넌 내 여자 친구잖아. 죽기 전까지는 절대 놓아 주지 않을 거야."

호태가 소름끼치게 웃더니 민선에게로 다가가 귓가에 무슨 말인가를 속삭였다. 그러고는 이제 용건이 끝났다는 듯 현관으로 향했다.

"내일부터 다시 학교에서 보자. 아! 사랑해."

사랑해. 경쾌한 호태의 목소리가 싸늘해진 집 안을 맴돌았다. 차라리 날카로운 칼로 귀를 찌르고 싶었다.

몸은 살아있으면서 영혼만 죽는 것도 가능할까? 가능할 거라고 생각했다. 지금 민선이 그랬으니까.

"쟤가 뭐라 그랬어?"

'다 끝나 버렸어.'

진희가 물었지만 민선은 대답할 수 없었다.

욕실에서 옷을 벗고 거울 앞에 선 민선이 자신의 얼굴과 몸 곳곳을 훑어보았다.

'그래. 이게 나지.'

민선의 입에서 자조의 웃음이 새어 나왔고, 웃음은 곧 비통한 울음소리로 변했다.

늘 자신의 진짜 모습을 외면하고 직시하지 않으려 했다.

그렇게도 눈에 띄는 남자애가, 아니 그 애가 아닌 누가 됐든 자신을 좋아할 거라는 착각. 누군가에게 호감의 대상이 될 수 있을 거라는 착각. 그 착각은 산산이 부서지고 난 후에도 전혀 변하지 않은 것이다. 그걸 인정하기 싫어서 스스로를 속이고 있었을 뿐.

예뻐져서 복수한다고? 그래서 지금과는 다른 삶을 살겠다고? 어처구니없는 생각이 아닐 수 없었다.

부끄럽고 치욕스러웠지만, 그보다는 무서웠다. 앞으로도 이런 식으로 착각을 거듭하며 멍청하고 추한 인간으로 살아가게 될 거라는 사실이.

민선은 물을 가득 담은 욕조에 기대 누운 뒤 자신의 손목을 바라보았다. 하지만 역시 걱정스러웠다. 아플까 봐서가 아니라 죽지 않을까 봐.

그래서 민선의 손은 망설임 없이 목으로 향했다. 잠시 후 나른하게 몸을 미끄러뜨려 욕조 안에 완전히 누웠다. 붉고 끈적한 액체가 무늬처럼 선명하게 물 속으로 번져 나가는 게 보였다. 민선은 나른했다.

연락을 받고 온 민선의 쌍둥이 여동생이 영정 앞에서 쓰러진 채 오열했다.

"혼자 서울 간다고 했을 때 말렸어야 했는데……. 왜, 왜 언니가 이런 일을 당해야 해?"

그 아이는 자신이 민선의 여동생이라고 밝혔고, 진희도 민선에게 쌍둥이 여동생이 있다는 사실을 알고는 있었다. 하지만 직접 보고 나니 예능 방송에 흔히 나오는 깜짝 카메라라도 당하고 있는 기분이었다.

누구라도 그런 의심을 할 수밖에 없을 만큼, 민선과 민선의 동생은 너무 달랐다. 특히 외모가.

이란성 쌍둥이는 원래 외모가 다르다고는 하지만 아예 둘이 자매라는 사실을 믿기 힘들 정도였다.

날씬하다 못해 가냘픈 몸, 주먹만 한 얼굴에 꽉 들어차 있는 이목구비. 뚱뚱한 데다 얼굴도 특별히 예쁜 구석이라곤 없던 민선과 대조적으로 그 아이는 특별히 꾸미지 않은 상태로도 TV 속 아이돌보다 더 눈에 띄었다.

민선이 목표로 삼았지만 절대로 도달할 수는 없었을 모습.

"누구야, 넌?"

잠시 넋이 빠져 있던 진희에게 민선의 동생이 날 세운 목소리로 물었다.

"……나?"

진희가 스스로를 손가락으로 가리키며 주춤댔다.

"그래 너. 누구냐고!"

"나는 너희 언니가 만든 환상······인데? 내가 보이나?"

고개를 갸웃하는 진희에게 민선의 동생이 달려들 듯 물었다.

"우리 언니는 왜 죽었어?"

"스스로 죽었어."

"누가 죽였냐고!"

진희가 사인을 말해 주었지만 민선의 동생은 현장을 직접 눈으로 보기라도 한 것처럼 물었다.

"왜 누가 죽였을 거라고 생각해?"

"우리 언니는 절대로 그럴 사람이 아니야."

민선의 동생이 잘라 말했다.

한 글자 한 글자에 확신을 담아 그렇게 내뱉는 것을 보고 진희는 이 비극의 전말에 대해 솔직히 얘기하는 게 좋겠다고 생각했다.

"우리 잠깐 얘기 좀 할까?"

진희는 그동안 민선에게 일어났던 일을 자세히 얘기했다.

일진들이 민선을 속여 웃음거리로 만들었던 것, 셔틀 노릇을 하던 절친이 자기 대신 민선을 제물로 삼기 위해 그 일에 동참한 것, 학교도 가지 않고 방에 틀어박혔던 민선이 겨우 희망을 품고 변신을 위해 노력한 것, 하지만 호태가 찾아오면서 그 희망도 오래지 않아 물거품이 되어 버린 것.

민선의 동생은 진희의 한마디 한마디를 곱씹으며 들었다. 서늘한 표정에서는 감정을 읽어 내기 어려웠다.

"근데 손호태 그 새끼가 마지막에 한 말이 뭔지 모르겠어. 그게 결정적인 것 같은데."

진희가 안타까운 얼굴로 말을 맺었다.

"언니는 죽지 않았어."

여빈에게서 돌아온 대답은 다소 황당했다.

"무슨 소리야?"

"내가 언니가 될 거야. 언니가 돼서 복수할 거야."

계획에 엄청난 변수가 생겼지만 이렇게 되면 목적 달성은 훨씬 쉬워진다.

아이러니컬하게도 가장 중요한 '인물'이 바뀌었지만, 그 일진 박대가리들은 어차피 눈치 못챌 문제였다.

진희는 민선의 학교생활과 일상, 그리고 무엇보다 민선을 괴롭힌 일진에 대한 정보를 고스란히 알려 주고, 민선과 전에 짰던 계획도 전부 공유했다.

그렇게 해서 민선의 동생은 어렵지 않게 '박민선으로 살아가는 박여빈'이라는 제3의 존재가 되었다.

"고마워. 다 네 덕분이야."

"내가 뭘. 난 그냥 너희가 만든 환상인데."

조금 전까지 진희가 앉아 있던 자리가 비어 있었다. 쨍한 파열음이 여빈의 귓속을 파고들었다. 파고가 높은 바다에서 작은 배에 올라탄 것처럼 울렁거리는 어지러움을 애써 눌렀다.

"손호태."

이름을 불린 호태가 뒤를 돌아보았다.

막 해가 져 어두워지기 시작한 길목 벤치에 여빈이 앉아 있었다. 호태의 하굣길을 미리 파악한 뒤 찜해 둔 장소였다.

"어?"

"나 박여빈. 벌써 잊은 거야?"

"아, 용제 짝녀?"

호태가 한쪽 입꼬리를 올려 웃었다.

"웃지 마. 그땐 사정이 있었다고."

"너 재밌다."

호태가 툭 던진 말에 왠지 모를 거부감을 느낀 여빈이 지적했다.

"너는 항상 사람을 평가하네."

"그래?"

"그래서 재밌다고."

여빈이 짐짓 태연하게 웃었다.

"너 용제랑 사귀냐?"

호태가 대뜸 물었다.

대답할 말은 이미 머릿속으로 정해 두었다.

"아니. 걘 그냥 나 좋다고 따라 다니는 애야."

"하, 새끼. 안 그런 척하면서 얼빠네. 예쁘다고 밝히기는."

"너도 나한테 사귀자며?"

"응. 나랑 사귀자."

"우리 만난 시간 다 합쳐서 한 시간도 안 되는데?"

"생각보다 오래 봤네. 사귀자."

애초의 목적과 점점 멀어져 가는 대화에 여빈은 조바심이 나서 결국 먼저 얘기를 꺼냈다.

"아, 내 연락처 달라며?"

"맞다. ……씨, 폰을 두고 왔나?"

"그럼 그냥 내 거에 찍어 줘."

핸드폰을 찾는 여빈에게 얼굴을 바짝 다가선 채 호태는 탐색하듯 이곳저곳을 훑어보았다.

매서운 눈을 치뜬 채로 고개까지 이리저리 움직이며 여빈을 관찰하고 난 호태가 말했다.

"너 내가 아는 애랑 진짜 닮았다?"

"……누구?"

"근데 또 그렇다고 하기에는 너무 달라."

어떤 반응을 보일지 전혀 예측할 수 없는 상대 앞에서 사람은 두려움을 느끼기 마련이다.

객관적으로 보기에 민선과 지금의 여빈 사이에는 일말의 공

도하는 엄청난 기쁨을 느꼈다.

"진짜?"

"왜? 난 네 생각하면 안 돼? 칫, 알겠어."

용제의 물음에 여빈은 짐짓 삐진 척 쏘아붙이고 곧 가 버리려는 것처럼 걸음을 떼었다.

"아니야. 그게 아니고……"

다급한 마음에 용제가 여빈의 손을 움켜잡았다. 여빈은 잡힌 손을 한 번 내려다보고 다시 용제의 얼굴을 번갈아 보았다.

"아, 미안."

큰 잘못이라도 한 사람처럼 용제는 손을 놓고 겸연쩍은 얼굴로 어쩔 줄 몰라 했다.

그게 오히려 여빈의 심기를 건드렸다. 나 괴롭히던 사람 맞아? 왜 이렇게 수줍어 해?

사실 답은 알고 있었다. 결국 외모, 그게 다니까.

짜증이 나면서도 한편으론 호태에게 신경이 쓰였다. 손에 든 핸드폰 액정을 흘깃 보며 확인했지만 전화도 카톡도 없었다.

왜 이렇게 연락을 안 하지? 부재중 통화가 떴을 텐데.

"뭐할까?"

여빈은 초조한 얼굴을 감추고 웃으며 대답했다.

"배고파."

밥을 먹고 나서 용제와 함께 걷는 동안에도 호태에게서 연락은 오지 않았다.

잠시 묵묵히 걷다 여빈은 유난히 주변을 살피는 것 같은 용제의 기색을 알아챘다.

"왜? 아는 곳이야?"

"아, 예전에 사라진 여자 애가 있는데……. 걔네 집이 이 근처였거든."

"가 본 적 있어?"

"아니. 그냥 근처만 맴돌았어."

역시 그랬겠지. 지금 드는 기분은 불쾌함? 아니면 안도감? 둘 중 무엇이 우세한지는 잘 모르겠다.

여빈은 반쯤 충동적인 기분으로 용제에게 제안했다.

"여기 우리 집이야. 갈래? 우리 집."

"어?"

여빈이네 집에 간다고? 이렇게 갑자기? 그럼 집에 둘만 있는 거야? 대박. 미쳤다.

짧은 반문 속에는 그 한순간 용제가 느낀 모든 감정이 축약되어 있었다.

TV를 보고 있는 여빈의 옆모습을 용제는 시종일관 보고 또 보았다.

하얗고 청결한 목덜미. 가늘고 긴 손가락. 너무 하얘서 핏줄까지 비쳐 보이는 손등. 여빈에게서 피어나는 꽃향기를 닮은 섬유 유연제 냄새에 자꾸만 홀리는 듯했다.

간혹 웃을 때 올라가는 장난스러운 입꼬리가 사랑스러웠다. 이 황홀한 모습을 계속 바라볼 수만 있다면 영화 같은 건 평생 볼 필요도 없을 것 같았다.

용제의 노골적인 시선을 느낀 여빈이 물었다.

"너는 내가 좋아?"

"응."

"얼마나?"

"90퍼센트."

"그럼 10퍼센트는?"

"네가 나 좋아하는 정도."

"그게 뭐야."

"나 진짜 좋아해, 너."

정적이 흐르고 용제의 얼굴이 여빈에게로 가까워졌다. 충동적이었지만 제어할 수 없었다. 눈앞에 있는 요정 같은 여자애에게, 그 사랑스러운 얼굴에 입을 맞추지 않고는 도저히 견딜 수 없을 것 같았다.

놀란 여빈의 속눈썹이 파르르 떨렸고, 그건 용제도 마찬가지였다. 속눈썹뿐 아니라 그 애와 닿은 곳 모두가, 그리고 어쩌면 온몸의 세포가.

시간이 멈춰 버린 듯한 찰나, 그렇게 서로의 숨결이 닿고 곧 입술이 만나기 직전에 여빈의 핸드폰이 진동했다.

나이스 타이밍. 하마터면 계획에 전혀 없던 일이 벌어질 뻔했잖아. 여빈이 몰래 안도의 한숨을 내쉬었다.

재빨리 핸드폰을 확인하니 액정에 떠오른 이름은 예상대로였다. 손호태.

여빈이 전화를 받았다.

"응, 호태야. 아니. 혼자 있어. 알겠어. 이따 봐."

혼자 있다고 말했을 때부터 용제의 표정이 심상치 않았다. 여빈이 전화를 끊자 본격적으로 따지기 시작했다.

"저번에 호태가 네 번호 못 땄잖아?"

"그게 길에서 우연히 만나서……."

"걔가 보재?"

"응."

"왜 거절 안 해?"

"네 말대로 막상 보니까 좀 무서워서."

용제가 화를 내자 여빈은 일부러 기어들어가는 듯한 약한 목소리를 냈다.

"걔가 협박해?"

여빈은 대답 없이 고개만 살짝 돌려 외면했다.

"아, 걔 미친 새끼가……."

자리를 박차고 일어난 용제가 머리를 신경질적으로 쓸어 넘기며 이리저리 걸음을 옮겼다. 그러고는 잠시 후 결연한 목소리로 여빈에게 말했다.

"내가 어떻게든 할게."

숨길 수 없는 초조함, 불안감, 그리고 분함이 그대로 묻어나는 모습에 웃음이 새려 했지만 여빈은 걱정스러운 얼굴로 용제를 만류했다.

"그러다가 큰일 나면 어쩌려고!"

"괜찮아. 널 위해서라면 뭐든 할 수 있어."

모든 게 생각대로 착착 진행되는 중이었다. 용제와 호태의 분란. 그것을 시작으로 일진 아이들은 서로 의심하고 반목하다 결국 무너질 게 분명했다.

'얼마나 쓸모 있는지 볼까?' 하는 여빈의 얼굴에 자신만만한 미소가 떠올랐다.

4화
일진에게 복수했다

여빈의 집에서 나온 용제는 호태에게 전화부터 걸었다.

신호음이 들리는 동안 얼굴 근육에 저릿한 아픔이 느껴졌고, 그제야 자신이 으스러질 듯 이를 악물고 있다는 것을 알아챌 수 있었다.

"좀 만나자. 우리 애들 잡을 때 가던 거기서."

용제는 불 켜진 여빈의 방을 올려다보았다. 잠시 스쳤던 부드러운 머리카락의 감촉, 그리고 황홀한 향기가 떠올라 용제를 미소 짓게 했다.

하지만 호태의 전화를 받고 난 뒤 변하던 표정이 생각나자 용제는 곧 미소를 거두었다. 여빈의 겁먹은 눈이 너무도 생생했다.

호태가 어떤 인간인지 아는 만큼 용제도 지금부터 하려는 일이 두렵고 떨렸다.

'하지만 여빈이가 협박 당하고 있잖아. 절대로 그냥 둘 수 없어.'

잠깐 흔들렸던 눈동자는 어느새 결심으로 단단히 굳어졌다.

이미 해가 지고 가로등 불빛만이 미력하게 어둠에 맞서는 시간.

전봇대에 기대 선 용제의 모습에도 음영이 드리웠다. 호태에게 풀스윙을 날리는 자신의 모습을 몇 번이고 시뮬레이션하고 실전 연습까지 마친 상태였다.

"늦을 새끼가 아닌데……."

나무배트를 든 용제가 사방을 주시하며 초조하게 중얼거렸다. 자꾸만 거칠어지는 호흡을 다스리며 경계 태세를 갖추고 있을 때였다.

"야."

모를 수 없는 목소리. 손호태다.

'어떻게? 분명 주위에 아무도 없었는데.'

생각은 거기까지였다.

잘 벼린 칼처럼 끝이 뾰족한 큰 돌이 용제의 정수리를 가격했다.

"크윽!"

눈에서 번쩍 불이 튀었다.

곧이어 뜨겁고 끈적한 피가 솟아나 뒤통수로, 목으로, 셔츠로 흘러내리는 것을 용제는 느낄 수 있었다.

용제의 몸이 호태의 발치로 풀썩 쓰러졌다.

'아파…….'

그렇게 말했다고 생각했지만 겨우 입술만 달싹였을 뿐 생각은 말이 되어 나오지 못했다. 끔찍한 고통과 함께 눈앞이 점점 흐려졌다. 부연 시야에서도 확실하게 보이는 건 자신을 내려다보는 호태의 싸늘한 얼굴.

'이러고 있을 때가 아닌데……. 여빈이가…….'

어떻게든 일어나 보려 했지만 몸에는 조금도 힘이 들어가지 않았고, 계절에 맞지 않는 추위까지 몰려와 사지가 덜덜 떨렸다.

'안……돼…….'

호태는 마침내 용제의 눈이 감기는 것을 현미경 위의 실험체를 보듯 꼼꼼히 관찰했다. 그러곤 발로 용제의 몸을 툭툭 건드려 보다가 돌로 용제의 배를 내리찍었다.

피에 젖은 돌이 배 위에 꽂혔다. 자신이 만든 결과물이 꽤 마음에 들었는지 호태가 싱긋 웃으며 말했다.

"괜찮네. 묘비 같고."

여빈은 용제에게 전화를 걸었다. 통화 연결음이 몇 번 울리더니 녹음된 멘트가 흘러나온다.

[전원이 꺼져 있어 삐 소리 후⋯⋯.]

답답했지만 예상한 결과이기도 했다. 오늘만 해도 몇 번이나 통화를 시도했지만, 사실 용제는 벌써 일주일째 연락두절 상태였다.

핸드폰의 종료 버튼을 눌렀다. 한숨을 쉬며 자꾸만 머리카락을 쓸어 넘기는 여빈의 손은 초조한 마음을 그대로 드러냈다.

'호태랑 싸우다가 어떻게 된 건가? 그럼 내 의도도 알아챈 거 아냐?'

이어지는 생각 속에서 자신의 귓가에 속삭이던 호태의 말이 리플레이 됐다.

"기대할게."

기대한다고? 대체 무슨 뜻이지?

그때 여빈의 손에 있던 핸드폰이 울렸다. 용제인가 싶어 얼른 발신자를 확인했지만 찍혀 있는 이름은 다른 사람도 아닌 손호태였다.

여빈은 흠칫 놀랐지만 애써 마음을 가다듬고 전화를 받았다.

"응, 호태야. 무슨 일이야?"

"오늘 좀 보자. 할 말이 있어서."

"할 말? 뭔데?"

"와 보면 알아."

호태와 만나기로 한 곳은 학교에서 멀지 않은 공원 옆의 산책로였다.

"야."

멍하니 생각에 빠져 있던 여빈은 호태의 목소리를 듣자마자 표정을 지우고 미소 지었다.

"어, 왔어?"

"무슨 생각을 그렇게 해?"

"아니야."

여빈은 고개만 살짝 젓는 것으로 답변을 대신했다.

"뭔가 숨기는 것 같은 얼굴도 예쁘네. 사귀자."

돌아온 반응은 지극히 호태다웠다.

"넌 어떻게 하는 말마다 사귀자로 끝나냐?"

여빈이 쏘아붙였다.

"아무것도 안 해 주고 사귀면 좀 그런가? 그럼 나랑 사귀면 무슨 소원이든 들어줄게."

"진짜?"

'죽어 달라고 하면 죽어 줄 거야?'

웃는 얼굴 뒤에 숨어 있던 여빈이 가장 하고 싶었던 질문을 마음속으로 던졌다.

"뭐, 죽어 달라면 죽어 주고."

그럴 리가 없는데, 정말로 그럴 리가 없는데도 여빈의 마음을 읽기라도 한 것처럼 호태는 태연하게 대답했다.

이번만은 당황한 기색을 미처 감추지 못해서 여빈은 떨리는 손을 얼른 등 뒤로 숨겼다. 호태는 그런 행동거지 하나하나를 놓치지 않으려는 듯 뚫어지게 관찰했다.

그의 눈빛이 일순 섬뜩하게 빛났다. 움찔한 여빈은 얼떨떨하게 되물었다.

"어?"

"농담."

덤덤하게 호태가 말을 받아쳤다. 감정을 드러내지 않고 동시에 상대의 말문을 막아 버리는 특유의 태도.

"넌 무슨 농담을 그렇게 하냐?"

여빈은 얼굴을 찡그리며 호태를 타박했다. 놀림당한 것 같아 불쾌한 마음 한편으로는 안도한 기분이 드는 것도 사실이었다.

그래. 내가 무슨 생각을 하는지 쟤는 알 리가 없잖아. 역시 지나친 걱정이었어.

"당황하는 모습이 가장 좋으니까."

다른 사람이 당황하는 모습을 보는 게 좋다……, 지극히 호태다운 말이다. 그렇겠지. 그래서 언니에게 그런 모욕을 주고 끝까지 철저히 짓밟아서 죽음까지 몰고 갔겠지.

여빈은 억제하기 힘든 분노를 감추려 잠시 이를 악문 뒤 금세 평소의 모습으로 돌아가 호태에게 물었다.

"됐고, 왜 불렀어?"

"아, 나랑 사진 하나 찍자."

호태가 주머니에서 핸드폰을 꺼내 셀카 모드로 세팅했다.

"사진은 왜?"

"그냥."

"뭐……, 알겠어."

호태는 여빈의 어깨에 팔을 둘렀다. 여빈은 혐오스러웠지만 호태가 하는 대로 그냥 내버려 두었다.

어깨 위에 놓인 건 크고, 또 강한 손이었다. 만약 호태가 힘 주어 잡는다면 아무리 몸부림친들 이 악력을 벗어날 수 없을 것 같았다.

그렇게 생각하자 한층 꺼림칙해져서 여빈은 상체만 살짝 붙인 채 가능한 한 몸을 떼었다. 그런데도 가슴이 두근거리고 자꾸만 숨을 참게 됐다.

"찍는다. 하나, 둘. 셋."

찰칵 소리와 함께 무표정한 여빈과 입가만 올려 웃는 호태의

사진이 마치 부인할 수 없는 증거처럼 핸드폰에 담겼다.

나뭇가지마다 이파리가 푸르렀고, 꽃까지 핀 학교 옆 공원은 계절의 아름다움을 한껏 뽐내는 것 같았다. 마주쳐 얘기를 건네는 사람들이 서로 한마디쯤 좋은 날씨네요, 라고 주고받을 만한 날이었다. 그 길을 함께 나란히 걷고 있던 호태에게 혜지가 물었다.

"내일 무슨 날인지 알아?"

"아니."

호태에게 먼저 마음을 줘 버리고 만 건 혜지였다. 좋아하는 마음이 계속 넘치고 또 흘러나와서 도저히 감출 수 없었다.

혜지가 고백한 날, 둘은 곧바로 혜지의 집으로 갔다.

혜지는 이 관계에서 자신이 철저히 을이라는 사실을 알고 있었다. 자기 혼자 호태와 사귄다고 착각하는 건 아닐까 고민한 적이 없다면 거짓말이다.

그래도 분명 둘은 특별했다. 흔한 남사친, 여사친 관계와는 비교할 수 없다고 믿었다.

"하. 우리 100일이잖아."

쏘아붙이는 혜지의 목소리가 떨리고 있었다. 기념일을 챙기는 것 따위와는 거리가 먼 호태의 성격을 알고 있는 만큼 크게 기대하지 않았지만, 그래도 막상 '아니.'라는 대답을 듣고 나니 기분이 아주, 아주 더러웠다.

"우리가 사귀었었나?"

완전히 금시초문이라는 얼굴.

뭐? 사귀었었냐고? 미친놈이 아니고서야 어떻게 그런 말을 입에 담을 수 있지? 굴욕감에 혜지의 입술이 파르르 떨렸다.

"넌 사귀지도 않는 여자애랑 자냐?"

자기 입으로 그 말을 하는 것도 굴욕이었지만, 묻지 않고는 견딜 수 없었다.

"자는 거랑 사귀는 거랑 무슨 상관인데?"

돌아온 말은 마치 밥 먹었냐고 묻는 듯 여상하기만 했다. 혜지는 일순간 불이라도 지른 듯 온몸에 열이 확 오르는 것을 느꼈다.

"와, 이게 사람 개빡치게 하네. 야, 너 내가 그렇게 만만해?"

결국 걸음을 멈춘 혜지가 호태를 바라보며 소리 질렀다.

"자."

호태는 표정 없는 얼굴로 재킷 주머니에서 무언가를 꺼내 건넸다.

"뭐야?"

혜지가 호태의 손을 내려다보았다. 손에 들린 건 빨간 색의 자그마한 상자였다.

"100일 선물."

그 말을 들은 순간 화났던 마음은 눈 녹듯 사라졌다. 혜지는 두 뺨이 달아오르는 것을 느끼며 속으로 그런 자신을 탓했다. 이런 식이니 언제나 자신은 을일 수밖에 없는 것이다.

하지만 어쨌든 지금은 갑을 관계 따위의 생각은 접어 두고 마음껏 기뻐해도 좋을 것 같았다.

"야아……."

혜지가 애교를 섞어 짐짓 투정하자 호태가 타박했다.

"욱하는 성격 좀 고쳐. 그거 분노조절장애야."

"네가 할 소린 아닌 거 같은데? 근데 이거 뭐야?"

"풀어 봐."

혜지가 겉포장을 뜯고 상자 뚜껑을 열었다. 안에 담겨 있는 건 금장 바탕에 하얗고 가느다란 선으로 고풍스러운 무늬가 그려진 지포라이터였다. 그야말로 혜지의 취향을 120퍼센트 저격하는 선물.

금속으로 된 몸체가 햇빛을 받아 반짝였다.

"개예뻐……."

지포라이터의 이곳저곳을 살펴보던 혜지의 입에서 황홀한 감탄사가 새어 나왔다.

"너 같은 애연가가 좋은 라이터 하나 없는 게 늘 신경 쓰였거든."

"너한테 이런 섬세한 면이 있었나?"

뜻밖의 선물에 기쁜 건 둘째 치고, 사실이 그렇다. '진짜 호태'를 아는 사람이라면 누구라도 동감할 것이다.

"나 최근에 카톡 프사하려고 사진 찍었는데 좀 봐 줘."

호태는 대답 대신 자기 핸드폰을 혜지에게 내밀었다.

"카톡 프사? 네가?"

오늘따라 답지 않게 왜 이러는 거지?

처음부터 파란 바탕의 기본 프로필만을 고수하던 호태였다.

그런 걸 신경 쓰고, 더구나 프로필 사진으로 올리려고 따로 사진까지 찍는 건 정말이지 어울리지 않는 행동이 아닐 수 없었다.

핸드폰 화면을 확인한 순간 혜지는 어찔했다. 온 몸에 열이 확 뻗쳤다.

"이 사진 뭐야?"

"얘가 진짜 예쁘잖아. 프사로 해 놓으면 사람들이 여빈이 보고 힐링할 수 있으니까."

"하, 좆같은 소리를 참 개같이 하네."

"욱하는 성격 좀 고치라니까."

받아치는 호태의 말이 점입가경이었다. 혜지가 붙들고 있던 마지막 이성의 끈이 툭, 끊어지는 소리가 들리는 것 같았다.

"네가 그렇게 만들잖아!"

"실은 오늘 선물하기 전에 이 사진 보여 주고 네가 기분 제일 안 좋을 때 '서프라이즈!' 하고 딱 선물 주려고 했거든. 그래서 일부러 여빈이 불러서 사진 찍은 건데 타이밍을 놓쳤네. 미안."

"…… 뭘 그렇게까지 해?"

난데없이 서프라이즈 운운하는 호태가 낯설었다. 게다가 미안하다고? 손호태가 미안하다는 말을 할 수 있는 인간이었어?
혜지는 점점 더 혼란스러워졌다.

"우리 100일이니까 맛있는 거 먹고……"
호태가 몸을 숙여 혜지의 귓가에 속삭였다.
"너희 집 가자."
"알았어."
찜찜함이 가시지 않은 얼굴로 혜지가 고개를 끄덕였다. 결
국, 늘 같은 패턴이었다.

"하……."
공원 벤치에서 핸드폰을 들여다보며 혜지가 긴 한숨을 내뱉
었다.
"왜?"
옆에 앉아 웹툰을 보던 세민이 그 소리를 듣고 혜지의 핸드
폰 화면을 넘겨다보았다. 호태의 프로필 사진이 여빈과 함께
찍은 셀카로 설정돼 있었다.
"이게 뭐야?"

세민이 묻자 혜지는 버럭 소리를 질렀다.

"보면 모르냐? 이 새끼 미친 거 아니야?"

어이없음과 허탈감이 도를 지나쳐 감탄이 다 나올 정도였다.

"원래 호태는 무슨 생각하는지 알 수가 없잖아."

세민은 어떻게든 혜지를 달래 보려 했지만 이미 예상했듯 효과는 거의 없다시피 했다. 혜지는 제 성질을 이기지 못하고 계속해서 욕을 쏟아 냈다.

"이게 아주 사람을 들었다 놨다 해?"

화제를 바꾸기 위해 세민은 급히 얼마 전에 알아낸 정보를 혜지에게 알렸다.

"근데 걔, 여빈이란 애에 대해서 좀 알아봤는데."

"맞아. 왜 아무리 찾아도 학교에서 안 보여?"

여빈이 화제에 오르자 혜지는 예상대로 민감하게 반응했다.

"얘 일단 우리보다 한 학년 아래고."

"하, 근데 처음부터 말 깐 거야? 양아치네."

세민이 알아낸 정보를 전하자 혜지가 발끈했다. 세민은 움찔했지만 일단 말을 이어 가기로 했다.

"우리가 걔 처음 봤을 때 즈음에 전학 온 거긴 한데, 학교에 나온 적이 한 번도 없어.”

“근데 교복은 왜 입고 다녀?”

“아…….”

혜지의 물음에 세민은 잠시 말문이 막혔다. 그러다 문득 하고 싶은 말이 생각났다.

대체 왜 이 타이밍에 그게 생각나고, 또 굳이 말하고 싶어진 건지 스스로도 모를 일이었다. 하지만 이유를 모르더라도 말하지 않고는 견딜 수 없을 것 같았다.

“그리고 이것저것 알아보다가 알게 된 건데, 그, 우리가 1년 전에 괴롭혔던 박민선이라는 애 있잖아.”

“박민선?”

고개를 갸웃하던 혜지가 꽤 시간이 지난 뒤에야 그 이름을 기억 속에서 떠올려 냈다.

“아! 근데 걘 예전에 전학 갔지 않나?”

“전학이라기보다는 자퇴한 건데……. 그리고 몇 개월 있다가 죽었대.”

죽었대, 라는 말을 하면서 세민은 혀를 깨무는 것 같은 통증을 느꼈다.

"뭐 교통사고라도 당한 거야?"

갑작스러운 말에 의아했는지 혜지가 물었다.

"아니. 스스로…… 그런 것 같아."

자기가 민선에게 했던 짓과 관계있을지도 모른다는 걸 직감한 혜지의 태도가 갑자기 바뀌었다.

"하, 씨발! 우리한테 불똥 튀는 건 아니겠지?"

혜지가 초조한 얼굴로 욕을 뱉었다. 분위기가 불편해질 것을 감지한 세민이 얼른 덧붙였다.

"몇 개월이나 지났는데 아무 일 없는 거 보면 그런 건 아닐 거야."

"뭐야, 괜히 쫄았네."

발랄하기까지 한 어투로 그렇게 말하며 세민을 응시하는 혜지의 얼굴이 활짝 웃고 있었다.

물도 없이 크고 묵직한 음식 덩어리를 삼킨 것처럼 세민의 목이 턱 하고 막혔다.

'괜히 쫄았다고? 사람이 죽었는데 그게 다야?'

그러나 똬리를 틀던 작은 분노는 곧 그 힘을 잃었고, 도리어 자신을 나무라는 마음의 소리만이 들려왔다. 이런 애잖아. 그런 애들이잖아. 모르고 어울려 다닌 것도 아니면서.

　더구나 책임이 있는 건 세민 자신도 마찬가지였다. 너무 엉켜 버려 더는 풀 수 없는 실타래는 결국 잘라 낼 수밖에 없겠지만, 대체 어떻게 해야 자를 수 있을까. 호태 무리와 함께 일진 놀이를 시작한 후 끊임없이 해 왔던 고민이다.

　"하여튼 우린 이 여우년이나 조지러 가자. 평생 얼굴 못 들고 다니게 해 줄 테니까."

　지포라이터를 켜고서 주홍색으로 활활 타오르는 불을 바라보는 혜지의 표정에 잔뜩 날이 서 있었다.

　"야, 그래도 그건 좀."

　일이 커질 것을 직감한 세민은 만류했다.

　"뭐?"

　"……아니야."

　언제나처럼 세민은 기가 죽어 곧바로 입을 다물었다. 찜찜하고, 또 조금 부끄럽다고 느끼면서도 달리 어떻게 할 수 없는 일이었다.

여빈은 늘 지나다니던 하굣길 한가운데서 혜지를 포함한 네 명의 무리와 마주쳤다. 세민 외에 처음 보는 교복 차림의 남자애 두 명도 섞여 있었다. 엄청난 덩치에 험악한 인상, 흐트러진 교복이며 삐딱한 걸음걸이. 한눈에 보기에도 소위 주먹 좀 쓴다는 패들인 걸 알 수 있었다.

"학교도 안 가는 년이 교복을 입고 어딜 그렇게 가실까?"

혜지의 여우를 닮은 눈이 한층 더 가늘어졌다.

여빈은 대답 없이 일진 무리들을 담담히 바라보았다.

여빈의 외모를 가까이서 확인한 남자애들의 입에서 동시에 탄성이 샜다.

"와씨, 존나 예쁜데?"

"하! 하여간 남자 새끼들이란."

혜지가 한숨을 쉬며 고개를 절레절레 흔들었다.

"야, 최세민."

여빈은 일진들 사이에 오가는 말을 가볍게 무시해 버리고 세민을 불렀다. 눈이 커진 세민이 대답인지 물음인지 모를 말로 답했다.

"어?"

"넌 얘들이랑 왜 어울려?"

뭐라는 거야, 대체. 멍청한 건지, 간이 큰 건지. 여빈의 태연
자약한 물음은 혜지의 분노에 불을 붙였다.

"이 미친년이 상황 파악이 안 되나?"

"넌 닥쳐."

여빈이 아주 짧은 한마디로 받아쳤다.

"야, 진짜 머리가 어떻게 됐냐?"

혜지가 소리를 지르자 남자애 두 명이 흥미롭다는 얼굴로 덧
붙였다.

"이년 존나 카리스마 있네?"

"이건 카리스마 있는 게 아니라 개념이 없는 거 아니냐?"

센 척, 동요하지 않은 척 애써 피식대는 얼굴. 못생긴 입에
걸레까지 무셨네.

여빈은 셋의 말을 깔끔하게 무시하고 세민에게 다시 질문을
던졌다.

"얘들이랑 왜 어울리느냐고."

"그게, 우리 아빠가 호태네 병원에 입원하셨는데……."

여빈이 묻든 말든 대답할 의무는 없었다. 그런데 자신도 모르게 입에서 튀어나온 '진짜 이유'를 말하기 시작하자 걷잡을 수 없어졌다.

말하면서 세민은 깨달았다. 누구에게라도, 단 한 명이라도 좋으니 이유를 알아줬으면 좋겠다고. 내 이야기를 들어줬으면 했었다고.

"야, 너 뭐하냐?"

혜지가 도끼눈을 뜨고 쏘아붙였다. 하지만 세민은 끝까지 말을 이었다.

"우리 집이 돈이 없어서 병원비를 유예했거든."

"그게 얘들이랑 어울릴 명분은 안 되지."

여빈의 단호한 말에 세민은 풀죽은 목소리로 동의했다.

"그치……."

"너 이따 죽을 줄 알아."

"죽는 건 너야."

혜지가 세민에게 윽박지르자마자 단호하게 쏘아붙인 여빈은 혜지에게 몸을 밀착시키고 무언가를 잽싸게 복부에 가져다 댔다.

순식간에 일어난 일에 혜지는 상황을 전혀 파악하지 못한 채 온몸에 차오르는 전기에 몸을 파르르 떨었다. 여빈의 손에 있는 것은 전기충격기였다.

　타닥. 따다다다닥.

　타는 듯한 금속성의 소리가 났다. 불시에 공격당한 혜지는 금세 앞으로 고꾸라졌다.

　두려워할 건 아무것도 없어. 나는 무적이야.

　온몸을 휘감은 아드레날린이 폭발했다. 환희에 찬 여빈은 생각했다. 왜 여태까지 알아차리지 못했을까.

　이 순간 여빈은 정말로 무적이었고, 앞으로도 당연히 계속 그럴 것이다.

　"아……!"

　혜지의 입에서는 비명이 되지 못한 신음만이 흘러나왔다.

　다른 세 명은 멍청히 입을 벌릴 뿐이었다. 아직 상황을 파악하지 못한 모양이었다.

　곧 여빈의 손에 들린 게 전기충격기라는 사실을 알고 나서 그들은 주춤주춤 물러섰다.

여빈이 싸늘하게 선고했다.

"정신 차려. 이제부터 시작이니까."

말을 마친 여빈의 시선이 남자애들에게로 향했다.

"그리고 너희들, 얘 데리고 가."

"어, 어……."

둘은 입이 벌어진 채 멍청한 소리를 냈지만 행동만은 재빨랐다. 남자애들이 혜지를 부축한 채 줄행랑치듯 자리를 떠났다.

저거 스턴건이잖아. 저거 진짜 미친 거 아냐? 쟤가 어떻게 저걸 갖고 있지?

수군대는 소리가 그들과 함께 멀어졌다.

세민은 그 셋을 따라가지 않았다. 더 알아야 할 것이 있었다. 분명 느낄 수 있었다. 저 눈동자, 미묘한 미소가 누군가를 떠올리게 한다는 걸.

"너 누구야?"

파르르 떨리는 목소리를 애써 가다듬으며 세민이 여빈에게 물었다.

"박민선."

돌아온 답은 온 몸에 소름이 돋게 하기에 충분한 것이었다.

"걘 죽었잖아!"

"살아 있어. 지금 여기에."

표정 하나 없는 비스크 돌 같은 얼굴로 여빈은 그렇게 대답하고 천천히 세민을 지나쳐 걸어갔다. 세민은 여빈의 뒷모습에 시선을 고정한 채 한동안 움직이지 못했다.

그들 뒤쪽, 야트막한 언덕에 서서 모든 상황을 지켜보는 사람이 있었다. 호태였다.

"넌 역시 재밌어."

그렇게 중얼거리는 호태의 얼굴에는 여느 때와 달리 진짜 웃음에 가까운 미소가 떠올랐다.

5화
나는 내게 복수했다

그날 밤.

여빈은 집 앞에서 기다리고 있던 호태와 마주했다. 학원이라도 다녀오는 길인지 아직 교복 차림이었다.

호태가 언제나처럼 찌르는 듯한 시선으로 여빈을 응시했고, 여빈도 눈길을 피하지 않았다.

"왜 불렀어?"

"어두울 때 봐도 예쁘네. 사귀자."

호태가 언제나처럼 속을 알 수 없는 얼굴로 그렇게 툭 던졌다.

여빈은 아까 자신의 손에 쓰러지던 혜지를 떠올렸다.

무적이야. 나는 무적이야. 그때 느꼈던 전율이 다시 온몸을 타고 흐르는 것 같았다.

"여자 친구 있잖아, 너."

흥분감을 애써 누르고 여빈이 대답했다.

"없는데? 아, 원래 한 명 있긴 했지. 근데 갑자기 죽어 버리더라고."

"……뭐?"

"그래서 진짜 심심했거든. 넌 안 그럴 거지?"

피가 싸늘하게 식는 느낌이었다.

여빈의 표정을 확인한 호태가 큭, 하고 짧게 웃었다.

정신을 차린 순간, 여빈은 숨겨 온 칼로 호태의 배를 힘껏 찌르고 있었다. 손이 부들부들 떨려왔지만 손아귀의 힘을 필사적으로 놓지 않았다.

붉은 피가 배어 나와 셔츠를, 그리고 칼을 쥔 여빈의 손을 흥건하게 적셨다.

두 사람의 눈에 핏발이 섰다. 살기 어린 시선이 맞부딪쳤다.

조금 뒤 호태가 팔을 뻗더니 큰 손으로 여빈의 목을 휘어잡고 조르기 시작했다.

산소가 부족해 점차 의식이 흐릿해져 갔지만 여빈은 끝끝내 호태의 배를 찌른 팔의 힘을 풀지 않았다. 부들거리는 두 다리로 안간힘을 쓰며 버텨 섰다.

캄캄해진 시야에 바닥으로 뚝뚝 떨어지는 핏방울이 오래된 흑백 영화의 한 장면처럼 느리게 비쳤다.

그때 알루미늄 배트가 호태의 머리를 후려쳤다. 깡, 하는 금속성의 소리가 울려 퍼졌다.

호태가 털썩 쓰러졌다.

겨우 호태의 손에서 놓여난 여빈이 목을 잡고 켁켁거렸다. 부족했던 산소를 정신없이 들이마시니 점차 시야도 돌아왔다.

"진희 네가 어떻게……?"

혼자 있을 때만 나타나던 친구. 마치 실존하는 존재인 양 대화를 나누곤 했지만 여빈도 분명 알고 있었다. 진희는 외롭던 자신과 언니가 함께 만들어 낸 상상 속의 인물이라는 걸.

그런 진희가 물리적인 힘을 가진 '인간'으로 나타나 호태를 쓰러뜨리고 여빈의 손을 잡은 것이다. 여빈은 자신이 보고 있는 광경을 믿기 힘들었다.

"설명은 나중에 할게. 가자."

진희가 황급히 여빈을 재촉하며 돌아섰다. 하지만 더는 걸음을 떼지 못했다. 호태가 재빨리 일어나 진희 뒤로 조용히 다가와 공격했기 때문이다. 한 팔로는 진희의 몸을 끌어당겨 안고 제압한 채였다.

"아이, 씨. 그동안 보이지 않으니까 잡을 수가 없었잖아."

잔뜩 독이 오른 호태의 목소리가 짐승의 그것처럼 사나웠다.

날카로운 흉기가 몸속으로 점점 더 깊이 찔러 들어갔지만 진희는 호태의 몸을 더욱 세게 끌어안고 팔로 고정시켰다. 둘은 마주 엉긴 채 움직이지 못하는 상태가 되었다.

"이 새끼 봐라?"

"도망가⋯⋯!"

진희가 여빈을 향해 필사적으로 외쳤다.

"빨리 가!"

진희가 목소리를 쥐어짜 한 번 더 말한 뒤에야 여빈은 주춤대던 발걸음을 옮기려 해 보았다. 하지만 무거운 추라도 달아 놓은 양 두 다리는 묵직하기만 했다.

그래도, 그래도 가야만 한다.

탁. 타닥.

인적 없는 거리에 들리는 자신의 발소리를 지워 버리며 익숙한 이명이 찾아들었다. 그리고 머리가 쪼개질 것 같은 두통. 이 감각, 알고 있다. 잊고 있던 걸 떠올릴 때나 기억해 내려 할 때면 늘 느꼈던 고통.

머리를 양손으로 누르며 고통을 가눠 보려 할 때 울려 퍼지는 목소리가 있었다. 이미 들은 적 있는 말이다.

"넌 이미 내가 죽였어."

호태다. 호태가 언니의 귀에 대고 그렇게 속삭였다. 소리는 멈출 줄 모르고 반복되었다. 넌 이미 내가 죽였어. 넌 이미 내가 죽였어. 넌 이미 내가 죽였어. …… 죽였어…….

그리고 그와 섞인, 먼 곳에서 들려오는 듯한 목소리 하나.

"여빈 씨……?"

여빈은 소스라치며 감고 있던 눈을 떴다.

더 이상 밤의 거리가 아니었다. 여빈은 눈을 크게 뜨고 자신을 둘러싼 하얀 공간을 둘러보았다.

병원……? 어째서?

"박여빈 씨! 제 말 들리세요?"

앞에 앉아 있는 사람이 묻고 있었다. 익숙했다. 언제나 이야기를 들어주던 상냥한 눈동자와 늘 웃어주던 입매.

모를 수 없었다. 방금도 자신의 몸을 던져 여빈을 구해 준 사람이니까.

"진희……?"

"제가 어떻게 보이시죠?"

평소 쓰지 않던 안경과 존댓말. 그리고 차림새는…….

"너 왜 가운을 입고 있어?"

당황한 여빈의 눈동자가 바삐 움직였다.

"여빈 씨의 정신과 담당의니까요."

"뭐?"

"여빈 씨는 극단적인 자아 분열 상태에 있었어요."

차분한 말투로 진희가 말했다. 여빈은 자신의 귀를 의심했다.

"그게…… 무슨 말이야?"

"최근에 여빈 씨한테 일어났던 일들은 전부 다 분열된 자아들이 만들어 낸 환상이에요."

진희의 목소리가 멀어져 갔다.

여빈은 다시 집 앞에 난 길에 서 있었다.

그래. 내가 있던 곳은 여기였어. 그런데 방금 본 건 뭐지? 한낮의 백일몽 같은 그 하얀 방은.

"박여빈 씨?"

다시 멀리서 들려오는 소리. 여빈이 정신을 차리려 머리를 흔들었다. 그러자 비로소 목소리가 또렷해졌다.

"박여빈 씨!"

여빈은 주변과 앞에 있는 사람, 그리고 마지막으로 자신이 입고 있는 옷을 살폈다. 아까 본 하얀 진료실, 진희의 얼굴을 한 의사, 그리고 환자복.

"지금부터 절대로 정신 놓으시면 안 됩니다."

의사가 다짐받듯 강한 어조로 여빈에게 말했다.

"제가 어떻게 된 거죠?"

의사로부터 돌아온 답은 상상조차 해보지 못한 것이었다.

"여빈 씨는 언니를 살해한 혐의로 현재 재판 진행 중에 있어요."

어떻게 그런……. 말도 되지 않는다. 절대로 일어날 수 없는 일이었다.

"언니는 호태가 죽였잖아요!"

여빈이 절규하듯 반박했지만 의사는 다시 한 번 차가운 진실을 들이댔다.

"네. 호태가 지배한 당신의 몸으로 죽인 거죠."

잊고 있던 기억의 파편이 여빈의 머릿속에서 그제야 모습을 드러냈다. 바닥에 쓰러진 민선과 민선의 목을 조르는 호태가.

"그만해……."

끅끅거리다 결국 조금씩 잦아들어가는 숨 속에서 민선이 애원했다. 그리고 그 순간 목을 조르고 있던 사람은 호태에서 여빈으로 바뀌었다.

"제발, 여빈아……."

헐떡이는 숨소리. 자신의 이름을 흐느끼며 부르던 언니. 그 목을 힘껏 누르고 있던 내 손. 손 안에서 느껴졌다. 언니의 생명이 꺼져 가는 것이.

모든 것을 기억해 낸 여빈이 소리 없는 비명을 내질렀다.

그래, 언니를 죽인 건 바로 나야. 나였던 거야.

여빈은 깨질 듯 아픈 머리를 감싸 쥐었다. 소리 없는 발작으로 몸이 경련했다. 의사가 머리카락을 쥐어뜯는 여빈의 손을 힘주어 떼어 냈지만 충격과 무시무시한 후회는 사라질 줄 몰랐다.

여빈이 눈물을 쏟아 내며 울부짖었다.

"언니를 내가, 내가 죽였어……!"

의사가 황급히 정정했다.

"아, 아니에요. 물리적으로는 여빈 씨가 죽인 게 맞는데, 결국에는 호태가 죽인 거예요. 그리고 우린 지금 그걸 증명해야 됩니다."

절박하게 말하는 의사의 표정을 응시하다 여빈은 물었다.

"호태는 정체가 뭐죠?"

그는 잠시 침묵했지만 곧 결심한 듯 한숨을 내쉬고 설명하기 시작했다.

"여빈 씨는 망상 장애와 다중 인격 장애를 가지고 있었어요. 여빈씨 안에는 다섯 개의 인격이 더 있었죠."

깨고 싶은, 하지만 깰 수 없는 악몽에 시달리는 것처럼 여빈은 의사의 이야기를 들었다.

"저희는 당신의 인격을 줄여 나가고 있었어요. 여빈 씨의 인격들을 하나씩 죽여 가는 게 치료의 방법이 될 수 있다는 걸 알아냈기 때문이죠. 그래서 일부러 호태라는 인격을 인위적으로 만들어 여빈 씨 안에서 다른 인격들을 죽여 나가도록 했어요. 또 동시에 저라는 인물도 만들어 만일의 사태에 대비할 수 있도록 했고요."

늘 자신을 돕던 소중한 친구 진희의 기억들이 머릿속을 하나하나 스쳐갔다. 그 얼굴은 지금 앞에서 자신과 이야기하고 있는 의사와 똑같았다.

"결국엔 여빈 씨와 호태를 제외한 모든 인격들은 사라졌고 저희는 거의 성공에 다다랐다고 생각했습니다. 그런데 갑자기 호태가 통제를 벗어나서 멋대로 날뛰기 시작했어요. 호태로부터 파생된 새로운 인격들까지 생겨났고요."

조용한 진료실 안에 앉아 있는 자신을 지각하고는 있었지만, 온몸의 감각은 바닥을 모르는 차가운 물속에 빠진 듯한 추위를 호소했다. 싸늘해진 손발이 부들부들 떨려 왔다.

"용제, 혜지, 세민이, 그리고 당신의 언니였던 민선 씨까지."

마지막 퍼즐이 달칵 소리를 내며 맞춰졌다. 생각해 보면 알

수 있는 사실이었다.

'넌 이미 내가 죽였어.' 호태가 민선의 귀에 속삭였던 그 말을 여빈이 어떻게 알 수 있었을까. 답은 하나뿐. 호태도, 또 언니도 자신이었기 때문이다.

"넌 이미 내가 죽였어."

여빈이 중얼거렸다.

"저희도 수많은 방법을 시도해 봤지만 호태는 결국 살아 있고, 그러니까 치료되지 않았고, 지금은 여빈 씨 몸까지 빼앗으려고 하는 상황이에요."

의사로서도 예측하지 못한 위험한 상태였고, 때문에 그의 마음도 그만큼 간절했다. 여빈을 치료한다면 국내에서는 첫 다중 인격 치료의 성공 사례가 된다.

하지만 그런 차가운 '사실'을 넘어, 마음이 견딜 수 없이 아팠다. 어느새 그는 여빈의 가장 소중한 친구 진희를 닮아 가고 있었다.

살짝 고개를 숙인 여빈의 표정이 이상했다. 입꼬리가 천천히 올라가더니 다문 입술 사이로 큭, 하는 웃음이 새어 나왔다. 이 윽고 여빈은 세상에서 가장 우스운 꼴을 본 사람처럼 발작하듯 이 웃음을 터뜨렸다.

한참 후에야 웃음이 잦아들면서, 눈빛이 살기를 띠는 것을 보고 의사는 깨달았다. 이건 여빈이 아니다. 호태다.

"참 비겁해. 더러운 짓은 다 나한테 맡기더니 쓸모없어지니 까 없애겠다고?"

여빈의 얼굴을 한 호태가 번뜩이는 눈빛으로 진희를 바라보 며 이죽거렸다.

"넌 처음부터 가짜야!"

의사가 소리쳤다.

"너무 그러지 마. 난 당신 작품이잖아."

"여빈이 몸을 빼앗을 생각인 거야?"

호태의 얼굴에 승리감에 찬 웃음이 떠올라 있었다.

"뺏다니? 나도 여빈인데? 성격이 좀 다른 것뿐이야."

처음엔 입에서 새어 나오다가 점점 커져 가는 소름끼치는 웃 음소리.

그 모습을 마주했을 때 담당 의사 진희는 자신도 모르게, 여빈과 함께 만들어 낸 친구 진희로 돌아가 버렸다. 그러자 분노가 한층 솟구쳤다.

"이런 미친 새끼가 진짜, 씨."

결국 화를 참지 못한 진희가 벌떡 일어서 주먹을 쳐들었다. 한 손으로는 호태의 뒷목을 그러쥔 채였다.

"쳐 봐. 맞는 건 나일까, 여빈일까?"

끝까지 비아냥대는 호태를 보자 진희의 주먹이 부들부들 떨렸다. 그리고 다음 순간.

"뭐하세요?"

방금 전까지 서려 있던 증오와 분노가 사라지고 어느 새 겁먹은 얼굴을 한 여빈이 진희를 올려다보고 있었다.

진희는 내뻗었던 주먹을 다시 거두며 사과했다.

"미안해요……."

자신이 만들어 낸 고등학생 캐릭터의 도발에 넘어가 주먹까지 휘두를 뻔하다니. 그런 스스로가 한심하기도 했지만, 호태가 충분히 여빈의 몸을 빼앗을 수 있는 괴물 같은 존재로 자라난 것을 생생히 목격하자 두려움이 더욱 커졌다.

"그럼 처음부터 전부 제 잘못이었던 거네요. 제 병을 고치려다 언니까지……."

담담하게 읊조리는 듯했지만 진희는 여빈의 내리깐 시선과 목소리에서 짙은 회한과 씻을 수 없는 죄책감을 읽어 낼 수 있었다.

"아, 아니요. 법원에서도 여빈 씨가 아닌 다른 인격이 언니를 죽였다는 사실을 인정했어요. 하지만 그만큼 호태가 위험하다는 사실도 인정했고요."

언니가 죽었구나. 내가 정말로 언니를 죽였구나. 이제 다시는 만날 수 없어. 민선의 목을 졸랐던 자신의 두 손을 내려다보며 여빈이 오열했다.

"언니……."

진희가 여빈을 달랬다.

"호태를 없애면 여빈 씨 문제를 해결할 수 있어요. 언니의 복수도 하는 거고요."

여빈의 작은 두 손을 꼭 잡은 진희가 열띤 목소리로 설득했다.

"그러려면 당신 도움이 필요해요."

대답을 기다렸지만 여빈의 표정은 처음 진료실에 들어와 앉

앉을 때처럼 텅 비어 있었다.

"여빈 씨?"

틀렸다. 다시 망상 속으로 돌아가 버렸어.

"여빈 씨……."

망연해진 진희가 탄식하듯 여빈을 불렀다.

여빈의 의식은 다시 그곳으로 돌아가 있었다.

마주 서 있는 호태는 칼에 찔리고 배트로 머리를 맞았지만 상처 하나 없이 멀쩡한 모습이었다.

"이제 알겠지? 난 너고, 넌 나야."

"난 네가 아니야! 넌 만들어졌다고."

여빈이 단호하게 부정했다.

호태의 입에서 비웃음이 샜다.

"하! 의사 새끼들이 날 만들었다고? 착각하지 마. 난 만들어진 게 아니라 발견된 거야!"

분노를 억누르지 못한 격앙된 목소리와 거친 숨소리.

"난 처음부터 네 안에 있었어."

호태의 목소리에서 그가 품고 있는 증오의 깊이가 느껴졌다.

하지만 여빈은 공포보다 호태 나름의 절박함을 먼저 느꼈다. 여빈의 자아를 없애고 몸을 빼앗아 그저 '존재하고 싶은' 마음을.

하지만 뭐라고 대답할 겨를도 없이 호태의 양손이 여빈의 목을 틀어쥐고 조르기 시작했다.

"너도, 또 나도 많은 인격 중 하나일 뿐이야. 그리고 네 언니는 내가 아니라 네가 죽였잖아?"

의식이 아득해지다 못해 곧 끊기려할 때였다.

"박여빈!"

자신의 이름을 부르는 소리에 겨우 정신이 번쩍 든 여빈은 호태를 밀쳐냈다. 호태가 비틀대며 뒤로 밀려났다.

"아니야!"

여빈이 외친 순간 흰 승합차가 호태를 눈 깜짝할 사이에 치고 지나갔다.

호태의 몸이 공중으로 떠올랐다가 바닥에 털썩 떨어졌다. 그리고 숨소리나 작은 꿈틀거림조차 없이 그대로 엎어졌다. 마치 애초부터 생명이 없었던, 그저 사람을 본 따 만든 인형처럼.

스타렉스 운전석에서 비틀대며 내리는 한 사람이 여빈의 시야에 들어왔다. 용제다.

용제가 몸을 가누려 하다가 결국 무릎을 꿇고 주저앉더니, 힘겹게 차에 기댔다.

여빈이 달려가 용제의 힘이 풀린 양다리를 어루만졌다.

"어떻게 된 거야?"

"모르겠어……. 네가 위험하다는 생각이 들었는데……, 내가 차에 타고 있었어."

용제가 밭은 숨이 섞인 목소리로 힘겹게 말을 이어 갔다. 한눈에 보기에도 심상치 않아 보이는 상태. 어쩔 줄 모르며 용제를 살피던 여빈의 커다란 눈에 눈물이 고였다.

"너 괜찮은 거야?"

여빈의 간절한 물음에 용제는 고개를 흔들었다.

"아니. 곧 사라질 것 같아."

"그러면 안 돼……!"

찢어질 듯 마음이 아팠다. 당장이라도 울음이 터질 것 같았다.

용제는 힘없이 웃으며 여빈에게 물었다.

"아직도 나 많이 싫어?"

아냐, 그런 게 아냐. 여빈이 세차게 고개를 흔들었다.

"언니 괴롭힌 거 미안해. 다시 만난다면…… 사과하고 싶다."

눈을 감은 용제의 입술이 남은 힘을 다해 마지막 말을 쥐어짜 냈다.

"다시 만난다면, 사과하고 싶어……."

"다시 만난다면…… 사과하고 싶어……."

진료실 안. 진희는 눈물을 흘리며 용제의 말을 반복해 중얼거리는 여빈을 애처로운 마음으로 지켜보았다.

진실과 마주하기 위해 자기 인격의 일부를 스스로 죽이는 게 이 어린 소녀에게 얼마나 힘들었을지 가늠하기조차 힘들었다.

자신의 힘으로 결국 호태를 물리친 여빈이, 그런 여빈을 도운 용제가 꼭 들어야 할 그 말을 진희는 의사로서, 그리고 친구로서 들려주었다.

"괜찮아. 너흰 잘못한 거 없어."

여빈은 자신이 아닌 다른 인격이 민선을 죽였다는 것, 그리고 그 인격이 사라졌다는 것 또한 인정되어 보호 관찰 처분으로 마무리됐다. 국내와 해외를 통틀어 굉장히 이례적인 일이었다.

진희는 펜을 내려놓고 노트를 덮었다. 그간의 여빈이 보인 모든 증상과 각각의 인격들, 그리고 그에 대해 분석한 내용이 빼곡히 담긴 노트였다.

의료계를 비롯해 사회 각계각층에서 여빈의 사례 연구로 논문을 발표해 달라는 요청이 많았지만 어떻게 하는 게 좋을지 아직은 확신하기 힘들었다.

여빈은 자신이 언니를 죽였다는 사실을 도저히 감당하지 못하고 정신을 아예 놓아 버렸다. 말이란 것을 완전히 잃어버린 사람처럼 예, 아니오 같은 간단한 대답도 할 수 없는 심각한 상태였다. 때문에 이모가 집에서 보호자로 상주하며 여빈을 돌보고 있었다.

금요일 3시, 여빈과 상담 스케줄이 잡혀 있는 시간이었지만 3시 20분을 넘기고도 여빈은 모습을 나타내지 않았다.

여빈의 이모에게 전화를 걸었지만 받지 않았다. '혹시 또?'라는 생각에 진희의 심장이 빠르게 뛰었다.

"하아……."

얼굴을 감싸 쥔 진희가 손가락으로 눈두덩을 꾹꾹 눌렀다. 지

끈거리는 머리가 조금 나아지는 것도 같았지만 그때뿐이었다.

여빈의 이모로부터 전화가 걸려온 것은 그로부터 세 시간이 훌쩍 지난 뒤였다.

"네, 이모님. 오늘 여빈 씨가 상담에 안 왔어요. 혹시 잊어버렸나 해서요."

한 시간을 통으로 날린 의사로서는 부아가 치밀 법도 한데, 진희는 제발 그저 깜박한 것이기만을 진심을 다해 빌었다.

[아뇨, 잊어버린 건 아닌데⋯⋯. 선생님, 어쩌면 좋아요!]

"⋯⋯무슨 일이 있었어요? 설마 또 자살을 시도했나요?"

[네. 샤워기 거치대에 타월을⋯⋯.]

"⋯⋯그래서요?"

[살아 있어요.]

그 사실 하나를 확인하자마자 진희는 곧바로 응급실로 달려갔다. 이모가 발견했을 때 이미 심정지 상태였지만 구급차에서 심폐소생술을 받고서 겨우 목숨을 건졌다고 했다.

감시하다시피 하루 종일 일거수일투족을 살펴도 여빈은 포기하지 않고 죽음만을 꿈꾸었다. 흙빛이 된 얼굴로 환자용 침대에 죽은 듯 누워 있는 여빈을, 그 목에 선명히 남은 상흔들을 보면서 진희는 생각하고 또 생각했다.

너를 위해서 도대체 무엇을 해야 할까. 무엇을 해야만 네가 살아갈 수 있을까.

시간이 흘러 다음 상담일인 화요일이 되었다. 예약 시간이 되자 다행히 여빈이 진료실에 모습을 드러냈다. 진희는 안도했다. 하지만 깜짝 놀랄 일이 벌어진 건 그 다음이었다.

"안녕하세요."

실어증 상태였던 여빈이 먼저 인사를 건넨 것이다. 눈이 커진 진희가 자리에서 벌떡 일어섰다. 그런 반응에 당황한 듯 여빈은 조금 난처한 기색을 드러냈다.

잠시 동안 할 말을 고르던 진희가 겨우 물었다.

"……괜찮아요?"

"네. 왜 그러세요?"

"아니, 뭐……. 혹시 아프거나 할까 봐."

"건강해요."

소리 내어 웃기까지 하는 모습을 보니 귀신에 홀리기라도 한 기분이었다.

"저 여빈이 언니예요. 여빈이가 선생님께 진료 받는다고 해서 소개받고 왔어요. 악몽을 꾸고 불면증도 심해서요."

"어, 그러니까…… 여빈 씨 언니라고요?"

"네. 박민선입니다."

겨우 여빈이 살아있는 세상으로 돌아와 다시 움직이기 시작했다. 그리고 마침내 하나의 인격만 남았다. 진희가 의도한 여빈이 아닌, 언니 민선의 인격으로.

진희를 비롯한 의료진은 여빈의 가족, 보호 관찰 담당자와 논의를 거쳐 일단 상태를 두고 보기로 했다.

앞으로 치료가 더 진행되면 상황이 어떻게 변할지 모르겠지만, 스스로를 용서할 수 없어 택한 마지막 활로를 닫아 버리는 것만큼은 하기 힘들었다.

아침, 교복을 입은 민선이 전신 거울로 옷매무새를 확인했다. 입가에 미소가 걸려 있었다. 그 모습을 보던 진희가 물었다.

"뭐야? 왜 그렇게 기분이 좋아?"

"오늘 뭔가 기분 좋은 일이 생길 거 같아."

"캔디냐? 아님 뭐 빨강머리 앤? 아, 옛날 드라마들도 그런 대사로 시작하긴 하더라."

"그래도 오늘 좋은 일이 생길 거 같단 말이야."

"그래. 기분 좋아서 나쁠 건 없지."

진희는 평소답지 않게 더 말꼬리를 잡지 않고 선선히 민선의 말에 수긍해 주었다.

어느새 노란 빛을 띤 낙엽이 곳곳에 수북한 계절이었다. 민선은 만화책을 보며 어둑해진 거리를 걷고 있었다.

"박민선!"

뒤에서 부르는 소리가 들려 고개를 돌아보니 절친 태희였다. 안녕, 하고 태희를 향해 손을 흔드는 민선의 머릿속에 잠시 기묘한 감각이 스쳐갔다.

이상해. 왠지 태희를 아주 오랜만에 보는 듯한 느낌이랄까?

기분 탓일 거라 여기며 민선은 가볍게 고개를 흔들어 생각을 떨쳐 냈다. 그때 태희의 시선이 민선의 손에 들린 책으로 향했다.

"대박! 너 이거 샀네?"

"어제 교보 가서 딱 하나 남은 거 샀어."

"다 보면 나 빌려줘."

"응."

태희가 주인공 캐릭터를 가리키며 말했다.

"얘 너무 멋있지 않냐?"

주인공인 만큼 온갖 매력적인 요소를 갖춘 이른바 '사기캐'이긴 하지만 민선의 취향은 아니다.

"난 그냥 그렇던데?"

"그럼 넌 여기서 누가 제일 좋은데?"

"난 얘."

민선은 주인공의 라이벌 캐릭터를 가리켰다. 빌런이라곤 해도 가치관이 확고한 데다 비극적인 과거로 인한 우수에 찬 분위기도 마음에 들었다. 어둠이 있어야 빛도 있는 법이니까.

"얜 악당 아니야?"

"자기가 옳다는 걸 증명하려고 노력하잖아. 그게 멋있어."

"그걸 그렇게 볼 수도 있구나."

고개를 끄덕인 태희가 말했다.

"나 급한 일 있어서 먼저 갈게."

갑자기? 민선은 살짝 의아했지만 손을 흔들어 인사를 건넸다. 마주 손을 흔드는 태희의 얼굴이 왠지 안타까운 표정을 띠고 있었다.

대화를 끝낸 태희가 진희를 향해 걸어왔다. 진희는 거리에서 좀 떨어진, 나무들이 우거진 작은 숲에서 이 광경을 바라보고 있었다.

진희는 담당의로서 여빈의 용태를 확인하기 위해 태희에게 미리 부탁했다. 예전의 민선과 나누었던 것과 똑같은 대화를 여빈, 즉 지금의 민선과도 나누어 달라고.

"고생했어요."

진희가 고마움을 표하자 태희는 웃음으로 화답했다.

"아니에요. 민선이 동생이잖아요."

둘의 시선이 여빈에게로 향했다.

"정말 민선이랑 똑같아요. 말투, 분위기, 취향이나 생각까지."

직접 겪었지만 여전히 믿기 힘든 일이라 놀라지 않을 수 없었다. 잠시 말을 잊었던 태희가 머뭇거리며 다시 입을 열었다.

"근데……, 이게 맞는 거겠죠?"

담당 의사인 진희도 몇 번이고 스스로에게 했던 질문이었다. 이렇게 하는 게 과연 옳은 일인지, 여빈이가 민선이로 살아가는 건 어떤 의미가 있을지.

"음……, 두고 보면 알겠죠?"

복잡한 심경으로 여빈을 바라보던 진희가 태희의 어깨를 가볍게 두드리곤 인사를 건넸다.

"우리 다음에 또 봐요."

"박민선!"

진희가 이름을 부르며 민선에게로 다가섰다. 보고 있던 책에서 시선을 뗀 민선이 살짝 토라진 목소리로 대답했다.

"왜 이렇게 늦게 왔어?"

"너도 태희랑 방금 헤어졌잖아."

"어? 어떻게 알았어?"

눈이 동그래진 민선이 물었다.

"아, 뭐……. 그냥 느낌으로?"

옆에서 지켜보고 있었다고 말할 수는 없는 노릇이라 답변이 좀 궁해졌지만 진희는 대충 가볍게 둘러댔다.

민선은 금세 납득했는지 고개를 끄덕이더니 갑자기 생각난

듯 진희에게 말했다.

"아, 나 요즘 이상한 꿈 꾼다."

"뭐?"

"내가 막 엄청 예쁜 애가 되어서 나쁜 애들 물리치는 꿈."

"어떻게 했는데?"

짐짓 웃으며 진희가 물었다.

"날 괴롭히던 애를 내가 전기충격기로 지졌어."

"개꿈이네. 고등학생이 무슨 전기충격기냐?"

"진짜야! 근데 이게 너무 현실적이라 깨고 나면 어느 쪽이 현실인지 막 헷갈릴 정도라니까."

"그러니까 개꿈이지. 좋은 꿈은 돼지를 안는다거나, 아니면 로또 번호를 알게 된다거나 그런 게 좋은 꿈이지."

손짓까지 곁들여 구체적으로 설명하는 진희를 보며 민선이 입을 삐죽였다.

"칫, 속물!"

"그래. 차라리 속물이고 싶다."

민선에게는 어떻게 들릴지 모르겠지만 누구에게도 말할 수 없는 진심이 담긴 대답이었다.

"이렇게 생생한 꿈을 자주 꾸다 보니까 이런 생각이 들어. 지금 내가 보고 있는 여기가 정말 현실이 맞는지 하는……."

민선의 말에 진희가 단언했다.

"현실 맞아. 완전 리얼!"

"넌 어떻게 확신할 수 있는데?"

"그럼 넌 어떻게 부정할 수 있는데?"

"그러네."

민선이 미소 지으며 고개를 끄덕였다.

"아, 아까 오다가 이거 주웠다. 짠!"

여빈은 주머니를 뒤적여 꺼낸 물건을 진희에게 보여 주었다. 라이터였다. 금장 바탕에 하얗고 가느다란 선으로 고풍스러운 무늬가 그려진 지포라이터.

"이게 어떻게……."

눈을 의심하며 그것을 받아든 진희가 홀린 듯 휠을 돌려 불을 당겼다. 단번에 불이 붙은 심지가 붉게 타올랐다. 너무도 생생한 불덩이가 바람에 어지러이 흔들렸다. 그건 마치 현실이 돼 버린 악몽 같아서 언제까지고 시선을 뗄 수 없었다.

✦   그해 여름   ✦

여빈과 민선은 쌍둥이다.

좀 더 자세히 정의하자면 외모도 성격도 전혀 닮지 않은 이란성 쌍둥이 자매. 이런 점은 아주 어릴 때, 놀랍게도 걸음마도 못 뗀 아기일 때부터 끊임없이 주입되어 마침내 둘 모두에게 정체성으로 각인되었다.

두 대의 유모차가 나란히 있으면 사람들의 시선은 일제히 분홍색 유모차 안에 있는 여빈에게로 쏠렸다.

"웃는 얼굴이 진짜 천사 같아요. 어린애가 이목구비도 뚜렷하고 속눈썹은 또 어쩜 저렇게 길어?"

"모델 시켜 보면 어때요, 여빈 엄마?"

방송 작가를 직업으로 하고 있어 연예계의 불안정함과 스트

레스를 잘 알고 있는 부모님은 그럴 때마다 웃으며 고개를 저었다. 하지만 그런 엄마 아빠도 얼굴에 어리는 자랑스러운 기색까지 애써 숨기지는 않았다.

민선은 떠올릴 수 있는 삶의 가장 오래된 순간부터 그것을 보아 왔다.

외모가 예쁜 아이를 편애하는 일은 심심찮게 볼 수 있지만 이건 그렇게 뻔하기만 한 얘기는 아니다.

사실 쌍둥이 중 언니인 민선이 가지지 못한 건 예쁜 외모뿐이었다. 초등학교 1학년 때 이미 집 서가에 있는 세계 고전 명작이며 역사서, 과학서 등을 몇 번이고 독파한 민선인지라, 학교에서 배우는 교과 내용은 따분하고 한심하게만 느껴졌다. 한마디로 말해 놀랄 만큼 똑똑한 아이였다.

다소 제멋대로인 여빈과 달리 어른스럽고 배려심이 깊어 할머니와 가사 도우미 아주머니는 민선을 더 좋아했다.

"민선이는 꼭 내가 낳은 딸 같다. 친구 같을 때도 있고."

민선과 대화하는 시간을 가장 좋아했던 할머니는 종종 이런 말을 하곤 했다.

"왜요?"

민선이 되물으면 할머니는 싱긋 웃으며 이렇게 대답했다.

"괴롭거나 골치 아픈 일이 있을 때 민선이에게 얘기하면 마음이 편해지거든. 너는 다른 사람의 이야기를 정말 잘 듣고 필요한 말을 해 주는 능력이 있어. 게다가 아주 총명하고. 네가 작가가 된다면 아마 너희 엄마 아빠보다 훨씬 더 대단한 사람이 될 거야."

할머니의 그 말은 민선의 존재를 관통하는 하나의 큰 축이되었다. 그 말이 가진 힘 덕에 민선은 자신이 '눈에 띄지는 않아도 오래 보면 호감이 가는 재능 있는 사람'이라는 자신감을 얻게 되었다.

그래서 자기보다 얼굴이며 체형이 월등히 아름다운 동생의 조연으로 시들어가기를 단호히 거부할 수 있었다.

그렇다고 해서 자매의 사이가 나빴던 건 아니다.

여빈은 제멋대로지만 절대로 미워할 수 없는 동생이었다. 자기가 어떤 말을 하고 어떻게 행동하면 사랑받을지 본능적으로 아는 아이. 그렇다고 눈에 거슬릴 만큼 뻐기는 일도 거의 없었다.

어쨌든 사람들은 자신도 모르는 사이에 여빈의 강한 인력에 굴복해 끌려갔고 이내 여빈을 사랑하게 되었다.

쌍둥이라곤 해도 둘의 위계 혹은 역할 분담은 분명해서, 여빈은 철저히 동생답게 행동했고 민선은 유치원에 다니기 전부터 여빈이 가는 곳에 따라가 보호자 노릇을 하곤 했다.

'그 비극'이 일어난 건 초등학교 2학년 때였다.

그날 방송국과 중요한 스케줄이 있었던 부모님은 민선과 여빈만을 집에 남겨두고 외출했다. 그날 내로 반납해야 하는 책이 있다는 사실을 뒤늦게 깨달은 민선은 난감했다. 반납 기한을 어긴다고 해도 며칠간의 대출 정지 외에 큰 페널티를 받지는 않는다는 걸 알고 있었지만, 이것도 엄연한 약속이다. 어기고 싶지 않았다.

최대한 빨리 다녀오면 아무 일도 없을 거라고 생각한 민선은 여빈에게 당부했다.

"도서관 반납함에 책만 넣고 올게. 딱 10분 걸릴 거야. 그동안 나랑 엄마 아빠 말곤 누가 와도 문 열어 주면 안 돼. 알았지?

약속해!"

여빈이 고개를 끄덕였다. 민선은 동생이 그리 미덥지는 않았지만 어쨌든 새끼손가락을 걸고 두 개의 엄지를 꾹 눌러 도장까지 찍었다.

그런데 문제가 생겼다.

민선이 정확히 9분 만에 돌아왔을 때, 집에 아무도 없었던 것이다. 민선은 아빠에게 전화를 걸었다. 핸드폰을 잡은 손이 부들부들 떨렸다. 숨이 가쁘고 말을 이어가기 힘들었다.

"아빠! 여빈이가…… 여빈이가 없어……졌어."

흔히 수사에는 골든타임이란 게 있다는 말을 한다. 가장 중요한 시간, 그 안에 반드시 추적해 범인을 찾아야만 하는 시간의 한도다. 그리고 유괴 실종 사건의 골든타임은 세 시간이다. 고작 세 시간!

그 시간 내에 찾으면 아이는 75퍼센트의 확률로 생존하지만, 골든타임을 놓치면 생존 확률은 급격히 떨어지고 사건도 장기화되기 십상이라고 했다.

여빈의 경우 늦은 것은 아니었다. 실종 시각으로부터 어림잡아 30분이 되지 않은 시점에 경찰에 신고했으니까.

하지만 민선의 내면은 끊임없이 비명을 지르고 있었다. '왜? 대체 누가?'로 시작한 물음은 '나는 왜 그 애 혼자 두고 집을 비웠을까?' 하는 자책으로 바뀌었고, 급기야 '왜 박여빈이 내 동생일까. 나는 왜 걔의 언니일까.' 하는 본질적인 원망으로까지 이어졌다.

그런 생각을 하는 자신이 끔찍하게 느껴졌다.

"집에 와. 여빈아. 집에 와. 돌아와!"

민선은 목이 쉬어 소리를 낼 수 없을 때까지 여빈을 부르며 울었다. 부모님은 민선을 꼭 안아 주었다.

목격자의 증언을 듣고, CCTV와 근처 차량의 블랙박스까지 조사한 끝에 경찰은 유괴범의 집을 찾아냈다. 20대 후반의 남자였다. 관록 있는 베테랑 형사가 서슬 퍼렇게 취조했지만 유괴범은 같은 말만 반복했다.

"너무 예뻐서 그냥 같이 있고 싶었어요."

이건 뭐, 고장 난 녹음기인가. 노련한 경찰들도 절레절레 머리를 흔들었다.

범인 취조와 함께 시작된 범인의 가택 수색에서 소아 성애를 담은 불법 영상물과 출판물이 대량 발견되었다. 개와 고양이를 난도질해 죽이고 그것을 찍어 둔 폴라로이드 사진은 수를 세기조차 힘들 정도였다.

"이런 놈은 감방에 처넣고 평생 동안 햇빛도 못 보게 해 줘야 하는데."

"법정 가면 또 감형되겠죠. 초범이니, 뉘우치고 있다느니, 앞으로 살날이 많다느니 하면서."

수사관들이 씁쓸하게 주고받은 말이 민선의 머릿속을 할퀴었다. 아무리 오랜 시간이 지나도 할퀸 생채기는 사라지지 않을 것 같았다.

구출된 이후로 여빈은 몇 날 며칠을 잠만 잤다.

동면 같은 잠에서 깨어난 후에는 아무것도 기억하지 못했다. 낯선 사람이 벨을 누르고 '심하게 다쳤다'고 해서 어쩔 수 없이 문을 열었고, 어쩌다 보니 그 사람을 따라 집 밖으로 나갔다고 했다. 그게 기억의 끝.

기이하게도 오히려 경찰의 말을 듣고 나서야 자신이 유괴당했다는 사실을 알게 되었다. 하지만 그저 '알았을' 뿐, 진짜로 깨닫거나 이해한 것 같지는 않았다.

"오히려 다행이라는 생각도 들어. 엄마란 사람이 이런 생각을 해도 되는 걸까? 나 정말 모르겠어, 여보."

"무서운 기억을 짊어지고 사는 것보다 나을지도 모르지."

아빠와 엄마가 나직하게 대화를 주고받았다. 이 사건이 어떤 결과를 가져올지 상상조차 하지 못했을 때의 이야기였다.

사건으로부터 반 년 정도가 지났을 즈음 여빈은 이상한 행동을 하기 시작했다. 혼잣말을 하며 웃거나 화를 내거나 물건들을 던지고 울음을 터뜨리는 식이었다.

어느 날 목청 높여 화를 내는 소리를 들은 엄마가 여빈에게 달려갔다.

"여빈아, 왜 그래?"

"……넌 누구야? 여긴 어떻게 알았지?"

"엄마잖아. 얼굴을 봐. 엄마야."

엄마가 두 손으로 여빈의 얼굴을 감쌌지만 여빈은 뿌리쳤다.

"당장 나가! 이 여자앤 나랑 같이 있을 거야."

듣는 사람이 움찔할 만큼 사납게 소리친 여빈은 조금 뒤 만족스러운 듯 히죽 웃었다. 얼굴도, 말투도, 목소리도, 표정까지도 완전히 처음 보는 사람의 것이었다.

"국내에서는, 아니 한국뿐 아니라 세계에서도 찾아보기 힘든 케이스지만 여빈이는 해리성 다중 인격 장애를 앓고 있는 것 같습니다."

정신과 의사의 소견이었다.

"다중 인격 장애……요?"

"네. 어린 아이들이 상상 친구를 만드는 경우가 드물지 않게 있잖아요? 어찌 보면 그와 비슷하지만, 훨씬 더 끈질기고 위험한 병이에요. 이런 말 듣기 괴로우실 수 있겠지만 어린 시절에 큰 충격, 특히 성폭력을 비롯한 폭력을 경험한 사람들에게 나타나는 빈도가 높다는 연구 결과가 있습니다. 여빈이의 경우도 이와 맞아떨어지죠."

의사는 여빈이가 '이 여자앤 나랑 같이 있을 거야.'라고 말했다는 점에 힌트가 있다고 했다. 납치되었을 때의 기억이 무의식 속에 남아 있다가 유괴범의 자아로 나타났을 거라고.

아빠는 고통스러운 얼굴로 이마를 짚고 엄마는 두 손에 얼굴을 묻었다. 겨우 목소리를 가다듬은 엄마가 의사에게 물었다.

"그 사람, 그러니까 범인분만이 아니에요. 여빈이를 만나러 온 친구라고 할 때도 있고, 형사라고 주장할 때도 있었어요. 그런데 그때마다 정말로…… 달라요. 목소리나 행동은 물론이고 눈빛까지도요."

"굳이 이유를 찾는다면 자신이 겪은 충격적인 사건을 부정하고 싶다는 무의식이 근본적인 원인일지도 모르겠네요. 그리고 분노가 그 동력이 되고요. 부모님께서 노트에 여빈이가 보여 준 행동이나 감정 상태를 꼼꼼히 적어 오셨는데, 앞으로도 반드시 기록해 주시면 좋겠습니다. 큰 도움이 되거든요."

"알겠습니다. 최대한 자세히 기록할게요."

의사는 여빈이 망상 장애도 함께 갖고 있는 것 같다는 참담한 소식을 덧붙였다.

망상 장애 환자는 무의식적으로 머릿속에서 생각을 만들어 내고 그 생각을 믿기 때문에 본 적 없는 사람, 혹은 세상에 없는 사람을 만들어 낼 수도 있다.

"중증 정신병 특유의 환각이나 환청 같은 증세는 없는 게 대

부분이라 여빈이에 대한 사전 지식이 없다면 완전히 속을 수도 있을 겁니다. 물론 의도적으로 속이는 건 아닐 테지만요."

의사는 조심스럽게, 하지만 또렷하게 여빈이 보이는 일련의 증상들이 충분히 위험한 상황을 불러올 수 있음을 주지시켰다. 여빈의 평범한 일상은 그렇게 끝났다.

여빈은 홈스쿨링으로 초등 과정과 중등 과정을 학습하게 됐고, 민선은 '평범하게' 초등학교를 졸업하고 중학교에 입학했다.

하지만 민선의 생활 절반은 여빈에게 매여 있는 것과 다르지 않았다.

솔직히 '나 때문'이라는 생각을 지울 수 없었다. '그때 여빈일 혼자 두고 나가면 안 되는 거였는데.', '만약 그랬다면 이런 일은 없었을 텐데.'

이제와선 아무 의미도 없을 가정법 과거완료의 생각들이 늘 민선을 다그쳤다.

반면 여빈의 생각은 달랐다.

언니를 원망하는 마음은 전혀 없었지만 민선만 학교에 다니고 친구를 사귀는 것만큼은 불만스럽게 생각했다.

여빈의 심기가 뒤틀리면 민선은 가능한 한 자신의 생활을 희생하고 여빈 곁에 있었다. 불공평하게 보일 만한 일이지만 가족 모두가 암묵적으로 동의한 방식이었다.

　중학교 3학년 여름, 그날도 여빈은 아침부터 투덜거렸다. 민선이 2박 3일 간의 봉사 캠프를 가게 되었기 때문이다.

　"언니는 하고 싶은 건 다 할 수 있잖아. 친구도 많잖아. 그런데 나 혼자 사흘이나 남겨 둔다고? 너무해. 이기적이야!"

　여빈은 입을 삐죽이다 결국 눈물을 쏟았다. 그럴 때조차 동생의 얼굴은 너무도 아름다워서 민선은 조용히 말을 삼켰다.

　민선이 없으니 좋아하는 게임에도, 영화에도 집중이 되지 않았다. 방에서 종일 누워만 있던 여빈은 아래층으로 내려왔다.

　둘이서 드라마 작가 팀을 꾸려 활동하는 부모님은 거실의 큰 탁자에서 지금 쓰는 원고에 대해 토론하느라 여념이 없었다. 입봉 후 세 번째로 발표한 작품이 시청률 30퍼센트를 넘는 이른바 '초대박'을 친 후로 엄마 아빠는, 과장을 좀 섞으면 같은 지붕 아래 있으면서도 얼굴을 마주치기 힘들 정도였다.

　지금 집필하는 드라마는 여섯 번째 작품인데, 초호화 출연진에 블록버스터 급 제작비가 투입된 야심작이었다. 방송이 초읽기인 터라 부모님은 매일 조용한 전쟁을 치르는 것 같았다.

　노트북 컴퓨터로 타닥타닥 글을 써 내려가던 엄마가 조금 뒤에야 여빈의 존재를 알아채고서 말했다.

　"왜, 여빈아. 배고파?"

　"⋯⋯아니. 심심해."

　"심심했어? 그럼 여빈이도 같이 앉아서 얘기할까? 엄마 아빠한테 아이디어 좀 줘."

　"언니 언제 와?"

　"언니 없어서 심통 났구나."

　아빠가 웃으며 여빈을 끌어당겨 안았다.

　"우리 딸들은 아무튼 서로밖에 모른다니까. 엄마 아빠한텐 관심도 없고."

　"내 말이. 부모란 외로운 거야."

　여빈이 칫, 소리를 내곤 아빠의 품에서 벗어났다.

　"됐어. 혼자 있을 거야."

여빈이 다시 2층으로 가는 계단을 오르기 시작했다. 엄마 아빠의 웃음소리가 들렸다.

어느새 잠이 들었던 걸까. 눈을 떠 시계를 보니 새벽 두 시였다. 공기는 후덥지근하고 목이 말랐다.

물을 마시러 가려고 방문을 열었을 때 쿵, 소리가 들렸다. 지금 이 집에서 들릴 리 없는 육중한 소리. 아마도…… 누군가가 쓰러지는 소리.

"……여보! 안 돼. 안 돼……!"

엄마가 거친 숨을 몰아쉬며 오열했다.

당장 달려가고 싶었지만 다리가 말을 듣지 않았다. 여빈은 난간 손잡이를 부여잡고 있는 힘을 다해 한 발 한 발 계단을 내디뎠다.

겨우 계단이 꺾이는 위치까지 갔을 때 엄마의 모습이 보였다. 그리고 아빠도. 아빠가 누워 있는 곳에 검붉은 피가 가득 고여 흐르고 있었다.

여빈의 눈이 핏발이 선 엄마의 눈과 마주쳤다.

'오지 마. 여빈아. 방에 들어가서 문 잠가. 신고해.'

엄마의 입 모양을, 그 절박함을 고스란히 알아보았음에도, 그래서 더 멈출 수 없었다. 여빈은 스스로에게 욕을 퍼부었다.

멍청한 겁쟁이. 아무것도 못하는 바보. 정신 차리고 어서 걸어. 걸으란 말이야!

낯선 남자가 뒤를 돌아보았다. 모자를 깊이 눌러쓴 그의 입이 찢어져라 웃고 있었다.

언제나 안개 낀 듯 흐릿했던 유괴 당시의 기억이 한순간에 되살아났다. 그 후 저 얼굴을 경찰서에서 다시 봤었지.

여빈이 소스라치던 순간, 남자는 엄마의 가슴에 칼을 깊이 찔러 넣었다. 한 번, 두 번, 세 번……, 그 다음에는 횟수를 셀 수 없을 만큼 빠르게.

"아, 아……! 엄마! 안 돼……!"

아직 뜨거운 피가 맺혀 뚝뚝 흐르는 칼을 들고 남자가 계단 쪽으로 다가왔다. 놈이 계단을 올랐다. 여빈이 있는 곳에 점점 더 가까워졌다.

결국 여빈은 그대로 계단참에 주저앉아 버렸다. 일어설 수 없었다. 희박한 산소를 빨아들이듯 큰 소리로 헐떡이는 게 고작이었다.

남자가 고개를 갸웃거리며 추악한 얼굴을 들이밀고 여빈의 얼굴과 몸을 살폈다. 여빈은 눈물에 젖어 엉망이 된 얼굴을 헝클어진 머리카락에 숨겼다.
"잘 있었어?"
남자의 인사가 마치 사형 선고처럼 들렸다.
여빈이 움직이지 못하는 상태란 걸 간파한 그는 피에 젖은 손가락으로 여빈의 턱을 치켜 올리고 다시 한 번 꼼꼼히 얼굴을 들여다보았다.

민선은 집으로 돌아오는 승용차에 몸을 싣고 있었다.
캠프에 멘토로 참석한 선생님 한 명이 급한 일이 생겨 돌아간다는 이야기를 듣고 자신도 함께 데려가 달라고 졸랐다. 다행히 선생님의 집은 민선의 집과 가까웠고 어렵잖게 승낙을 얻어낼 수 있었다.
젓가락 한 쌍인 양 늘 여빈과 함께 행동해야 하는 것이 불만스럽지 않았다면 거짓말이지만, 결국 떨어져 있으면 안달하게 되는 건 자신이었다.

어느새 집 앞에 도착했다.

민선은 선생님에게 감사 인사를 남기고 현관 앞으로 최대한 빠르게 걸음을 옮겼다. 그런데 문고리를 잡자 분명 잠겨 있어야 할 문이 스르르 열렸다.

열려 있어? 그럴 리가 없는데…….

안에서 문이 덜 잠긴 걸 수도 있겠지만 그렇게 보기엔 집안이 너무 캄캄했다. 생각이 거기에 이르자 몸이 먼저 반응했다. 민선은 핸드폰을 꺼내 112를 눌렀다.

집안으로 살금살금 들어서자 적막함이 민선을 감쌌다. 이런 불길한 침묵을 전에도 느낀 적이 있다.

여빈이가 사라졌을 때.

거실 탁자에 있는 스탠드 램프가 컴컴한 집 안에서 사물을 식별하게 해 주는 유일한 불빛이었다. 그 희미한 빛 속에서 피가 괴인 웅덩이에 쓰러진 부모님의 모습을 보았다.

순간 아기로 돌아가 엄마 아빠의 따스한 품 안에 안기고 싶었다. 하지만 미동 하나 없이 뻣뻣한, 핏기 가신 얼굴과 몸뚱이를 보며 싫어도 깨달을 수밖에 없었다. 이미 부모님의 생명은, 그 소중한 생명은 사라져 버렸다는 걸.

구토가 나오려 했지만 이를 악물고 끝끝내 참았다. 아직 놈이 안에 있을지도 모르니까. 무엇보다 여빈이는 아직 무사할지도 모르니까.

민선은 발소리를 죽여 더 안쪽으로 진입했다. 그리고 1층과 2층을 잇는 계단참에서 침입자와 여빈을 발견했다. 무장 강도가 여빈의 옷을 벗기려 했다. 엄마 아빠의 피가 확실한 선혈이 묻어 있는 칼은 자기 뒤쪽에 내려놓은 상태였다.

민선은 자신도 모르게 층계를 달려 올라가 남자의 다리를 부둥켜안고 매달렸다. 불시에 일어난 일이라 처음에는 당황하는 것 같았지만, 강도는 곧 욕을 뱉으며 발로 민선의 배와 머리를 걷어찼다.

아파. 아파. 아파. 그러나 눈앞에 별이 튀는 듯한 고통에도 민선은 팔 힘을 풀지 않았다.

겨우 여빈의 몸에서 손을 뗀 강도는 쯧, 혀를 차더니 떨어져 있던 칼을 주웠다.

그리고 민선의 목을 찌른 것과 거의 동시에 집 안으로 경찰들이 진입했다. 민선은 의식을 잃은 채 계단에서 굴러 떨어져 대리석 바닥에 머리를 부딪혔다.

경찰은 강도를 진압한 뒤 민선에게로 달려가 급히 몸을 안아 올렸다. 다른 경찰은 부모님의 호흡과 맥박을 확인하고는 침통한 얼굴로 고개를 저었다.

민선은 구급차에 실려 즉시 병원으로 이송되었다. 이송 중에도 산소마스크는 물론 가능한 모든 처치를 했지만 의식은 돌아오지 않았다. 절망적이었다.

"상태가 아주 안 좋습니다. 당장 보호자에게 연락하세요."

구급대원의 말에 민선의 보호자, 그러니까 부모가 지금 어떤 상태인지 알고 있는 젊은 경찰은 뭐라 말을 잇지 못하고 마른 세수만 했다.

경찰차를 타고 온 여빈은 핏기 가신 얼굴로 민선의 병상 옆 보조 의자에 앉아 있었다. 경찰들이 주고받는 말들이 해체되었다 조립되기를 반복하며 퍼즐처럼 간간히 여빈의 귀에 와 박혔다.

"역시 그놈이었어요. 7년 전 유괴 사건의 범인이요."

"출소하자마자 이 짓거리를 했다고? 위험한 놈인 줄은 알았지만 도를 넘었어."

"유괴했던 여자애에게 상당히 집착한 것 같습니다."

그렇게 말하던 젊은 경찰이 여빈 쪽을 보며 황급히 입을 막았다.

화제를 돌리려는 듯 큼큼 헛기침을 한 중년의 경찰이 젊은 경찰에게 물었다.

"그 새끼 도어락은 어떻게 해제한 거래?"

"전기충격기를 써서 풀었더라고요. 일부 모델 외에 요즘 나오는 것들은 풀기 쉬운 편이라서."

전기충격기……, 여빈은 멍하니 중얼거렸다. 갑자기 참기 힘든 한기가 느껴졌다.

전기충격기라면 영화 속에서 몇 번 본 적이 있다. 일종의 무기지만 투박한 외형 탓에 조금도 무섭게 보이지 않았는데.

그걸로 문을 열고, 집안으로 몰래 침입하고, 그리고 엄마 아빠를……. 그리고 또…….

언니가 대체 왜 거기 있었던 거지? 이틀 자고 사흘째 되는 날 온다고 했었잖아. 왜 하필 그때 집에 돌아온 거야?

사실 그 답은 여빈이 가장 잘 알고 있었다. 어떻게 나 혼자 두고 갈 수 있냐며 화를 내고 고집을 피우고, 그런 민선이 이기적이라며 비난했던 걸 어떻게 잊을 수 있을까.

언제나처럼 민선은 집에 있는 여빈이 신경 쓰여 하루 만에 부랴부랴 돌아온 게 틀림없었다. 그리고 몸을 던져 자기를 구하려다 결국⋯⋯. 자, 진짜 이기적인 건 누구지?

초등학생 때부터 겪던 익숙한 두통에 여빈은 머리를 감싸 쥐었다. 새 부리로 양쪽 관자놀이를 쪼는 듯한 날카로운 통증은 멈출 줄을 몰랐다.

그때 응급실로 가쁜 숨을 몰아쉬며 들어온 사람이 있었다. 무더위를 뚫고 달려온 듯 이마에 굵은 땀방울이 맺혀 있었다.

여전히 춥고 캄캄한 여빈의 머릿속에 저 사람에 대한 정보가 떠올랐다. 이진희. 정신과 전문의이자 내 담당 의사.

진희는 곧바로 여빈에게 다가와 얼음장 같은 두 손을 힘주어 잡았다. 그제야 여빈의 비명 같은 울음이 터져 나왔다. 거의 짐승의 그것을 닮은 울부짖음에 소란하던 응급실은 찬물을 끼얹은 듯 조용해졌다.

"선생님, 엄마 아빠가 죽었어요."

이미 상황을 모르지는 않았지만, 여빈의 입으로 들으니 말은 커녕 어떤 표정으로 대해야 할지도 알 수 없었다.

"민선 씨는?"

"죽었어요. 내가 죽였어요……!"

진희는 아무 말도 할 수 없었다. 그저, 핏기가 가신 그 작은 입술로 한 마디씩 곱씹으며 내뱉는 단어 조각들을 끼워 맞추면서 대체 무슨 일이 일어난 건지 이해하려 애썼다.

"선생님, 내가 언니를 죽였어요."

❖ 여름은 돌아온다 ❖

[6월 27일 월요일 PM 2:00]

아직 아무것도 기록되어 있지 않은 모니터 속 차트를 괜히 몇 번이고 들여다봤다. 큼직한 잔 안에 담긴 커피가 빠른 속도로 줄어갔다.

첫 상담을 앞두고 이렇게까지 긴장한 건 처음인 것 같다.

시침과 분침이 두 시 정각을 가리키자 문을 두드리는 소리가 났다. 문이 열리고 나를 하루 종일 긴장하게 한 그 사람이 모습을 드러냈다.

"안녕하세요, 선생님."

"반갑습니다, 박민선 씨. 앉으세요."

"네. 여빈이한테 얘기를 많이 들어서 처음 뵙는 것 같지는 않네요."

민선이 내 책상 맞은편 의자에 앉으면서 담백하면서도 붙임성 있게 인사했다.

익히 들어 알고 있었는데도 나는 조금 놀랐다.

키가 작은 데다 살이 쪄 동그란 체형도, 이목구비 하나하나도 정말 놀랄 만큼 여빈과 달랐다. 입가에 띤 작은 미소와 차분한 행동거지가 어른스러운 인상을 준다는 점도.

"의식이 돌아온 지 석 달쯤 됐죠? 퇴원했다고 들었어요."

"네. 지금은 통원 치료 하고 있어요. 깨어난 지 얼마 안 됐을 때는 팔다리가 안 움직여서 정말 당황했어요."

"그거야 당연하죠. 거의 1년을 꼼짝없이 누워만 있었으니까. 그래도 재활 치료가 성공적이었나 봐요. 다행이네요."

민선은 칼에 목을 찔리면서 계단을 굴러 떨어져 바닥에 머리를 세게 부딪혔다. 외상이 커서 여러 바늘을 꿰매야 했지만 내출혈은 없었고, 다행히 인지 기능에도 문제가 없다고 했다.

"그 외에 다른 증상은 없나요?"

"음, 악몽을 심하게 꿔요. 한 시간 단위로 깨니까 자고 일어

나도 계속 피곤하더라고요. 잠이 부족해서 그런지 몰라도 항상 몽롱하고요.”

　담담하게 얘기했지만 충분히 민선의 불안을 느낄 수 있었다.

　“‘외상 후 스트레스 장애’라고, 민선 씨처럼 끔찍한 일을 겪은 사람에게 드물지 않게 일어나는 증상이에요. 여유를 갖고 좀 더 기다려 보는 게 좋습니다.”

　나는 가능한 한 부드럽게 설명했다.

　“아, 그 PTSD라는 거군요. 책에서 읽은 적 있어요.”

　“맞아요. 민선 씨에겐 PTSD 치료가 필요해요. 그래서 와 줬으면 했던 거고요.”

　나는 민선과 눈을 맞추며 고개를 끄덕여 보였다.

　“그러고 보니 엄마 아빠 마지막 가시는 모습도 못 봤네요.”

　이 가족을 갈라놓은 처참한 사건을 떠올리니 대꾸할 말을 찾기 힘들었다. 하지만 민선은 침울한 모습을 보이기 싫어서인지 곧 고개를 들고 예의 바르게 내게 감사 인사를 건넸다.

　“여빈이 도와주신 거, 진심으로 감사 드려요.”

　“담당 의사가 당연히 해야 하는 일인데요. 그런데 혹시 1년 동안 무슨 일이 있었는지 들으셨나요?”

"어떤 일이요?"

"음, 여빈 씨가 '그 사건' 때문에 해리성 다중 인격 장애와 망상 장애가 심해져서 계속 입원 치료를 받았어요. 상습적으로 자해를 해서 지켜볼 사람도 필요했고요."

직업 윤리상 상담 내용을 발설해서는 안 되는 만큼, 더 이상의 자세한 내용은 말하기 힘들었다. 하지만 곧바로 민선이 던진 물음이 나를 멈칫하게 했다.

"여빈이가 저로 살았다면서요? 박여빈이 아니라 박민선으로요."

이 상황에서는 솔직히 대답하는 편이 나을 것 같았다.

"민선 씨가 깨어나기 전 4개월 정도는 그랬어요. 이해하기 힘들지도 모르지만, 자신의 인격을 죽이고 민선 씨를 살려 두고 싶어서 선택한 길이에요. 자기 때문에 언니가 죽었다, 아니, 자신이 언니를 죽였다는 죄책감에서 벗어나지 못했거든요."

"처음 의식이 돌아왔을 때 이모가 부르는 소리를 들었어요. '민선아!' 하고. 처음엔 이모가 제가 깨어난 걸 봤나 하고 생각했어요. 그땐 아직 말을 못하고 몸도 움직일 수 없어서 눈만 깜박이는데, 병실로 여빈이가 들어오더라고요. '네!'라고 대답하면서 말이에요.”

나는 민선의 이야기를 차트에 기록했다. 나중에 여빈의 차트에도 추가해 두어야 할 것 같았다.

“어떻게 된 일인가 싶었죠. 겨우 입을 벌렸는데 목소리는 안 나오고……. 그 순간에 여빈이가 제 얼굴을 봤어요. 털썩 주저 앉아 버리더라고요. 이모가 걔한테 뛰어갔어요. ‘민선아, 왜 그래?’ 하면서. 여빈이는 울면서 저한테 기어오고, 이모는 또 저를 발견하고는 엄청나게 놀라서 ‘민선아!’라고 소리 지르고. 지금 생각해 보면 뭐랄까, 대혼란이었죠.”

“여빈 씨는 그 뒤에 어떻게 했어요?”

“제 손을 잡더니 갑자기 침대에 머리를 기대고 잠이 들더라고요. 그대로 사흘 내내 잠만 잤어요. 예전에, 그러니까 유괴됐을 때처럼요. 그런데도 제 손은 놓으려고 하질 않아서……, 사실 꽤 아팠어요. 너무 꽉 잡아서.”

민선이 작게 소리 내어 웃었다.

민선이 말해 준 두 케이스를 연관 지어 보면, 아무래도 자아와 관련된 충격적인 사건을 겪을 때 긴 잠에 빠지는 게 여빈의 특징인 듯했다.

"사흘 뒤 아침에 눈을 떴는데 여빈이가 저를 보고 있었어요. '살아 있어?'라고 작게 묻더라고요. 제가 고개를 끄덕이니까, '내가 언니를 죽였는데?'라고 했어요. 그래서 대답해 줬죠. '그럴 리가 없잖아, 박여빈.' 겨우 쥐어짜 낸 목소리라 완전히 엉망이었지만요. 그리고 둘이서 울었어요. 아주 오랫동안. 여빈이가 불쌍하기도 하고, 엄마 아빠도 보고 싶고 뭐 그래서요. 여빈이도 비슷한 마음이었겠죠?"

아무렇지 않은 척했지만 그 말을 하는 민선의 눈에는 눈물이 고여 있었다.

그렇게 여빈은 다시 여빈으로 돌아왔다. 지금 그녀 안에 있는 인격은 내가 관찰한 바에 따르면 그녀 한 명뿐이다. 섣불리 판단할 순 없지만 아주 조금은 완치에 가까워졌다고 봐도 좋을지 모른다.

하지만 다중 인격 장애는 생각보다 훨씬 더 독특하고 까다로운 병이다.

외국에는 이런 사례도 있었다. 한 남자가 해리성 다중 인격 장애를 앓고 있었는데, 그의 자아는 총 네 개였다. 그중 하나가

맹인이었는데, 맹인의 인격으로 살아갈 때 남자는 '실제로' 앞을 볼 수 없었다. 눈 자체에는 아무런 이상이 없었는데도.

그런 식이다. 절대 자신의 의지로 컨트롤할 수 있는 종류의 병이 아니다.

그러니 어린 시절의 유괴, 강도 사건과 부모님의 죽음을 겪은 뒤 1년이나 자신이 만들어 낸 세계 속에 살아온 여빈의 상황을 절대로 가벼이 여겨서는 안 된다.

그래도 언니를 되찾고, 언니가 자신의 손에 죽었다는 죄의식에서 해방되어 행복해하는 여빈을 보면 안도의 한숨을 쉬지 않을 수 없었다.

그나저나 또 지나치게 몰입해 버렸다. 나는 여빈의 주치의가 아니라 더 가까운 사람, 이를테면 '친구 진희'라도 된 듯한 착각에 빠진 건 아닐까.

[7월 14일 수요일 PM 12:00]

두 자매의 상담 시간을 민선은 매주 월요일 낮 2시, 여빈은 수요일 12시로 정했다.

밝아진 얼굴로 여빈이 진료실로 들어서자 손에 쥔 꽃다발의 라벤더 향이 따라 들어왔다. 라벤더는 여름 꽃이었지, 하는 생각이 들자 오랜만에 꽃과 나무를 좋아해 정원을 열심히 돌보던 어머니가 떠올랐다.

"웬일이에요? 꽃다발을 다 들고."

"꽃집을 지나다가 자꾸 눈에 밟혀서요. 드릴까요?"

"이 방 하곤 안 어울릴 것 같으니까 괜찮아요."

나는 꽃다발을 내미는 여빈을 웃으며 만류했다.

"앗, 다행이다. 사실은 언니가 좋아하거든요."

우리는 마주 웃었다.

하지만 다음 순간 여빈이 불쑥 던진 말에 나는 깜짝 놀라고 말았다.

"저 호태를 만났어요."

여빈의 다중 인격 장애를 치료할 때 우리는 여빈의 다른 인격들을 모조리 제압할 수 있는 강한 힘을 지닌 존재인 '호태'를 만들었다. 호태를 구상할 때 여빈은 호태의 외모를 매우 구체적으로 설명했고, 때문에 나도 실제 모델이 존재할 거라고 어렴풋이 예상은 했었다.

"처음 봤을 때는 너무 놀라서 도망쳤어요. 그래서 당황했죠. 언니도, 또⋯⋯ 호태도요."

"흥미롭네요. 호태 씨는 어떤 사람인가요?"

"언니가 중학교에 입학하고 사귄 아주 친한 친구였어요. 저도 예전에 스치듯이 본 일이 몇 번 있어서 기억하고 있었던 거고요."

"그때 호태가, 아니 호태 씨가 여빈 씨에게 뭔가 강한 인상을 남겼나 봐요?"

"언니가 중학교 3학년 여름, 봉사 캠프를 가기 전이었어요. 제가 열여섯 살이었을 때네요. 유독 따분하고 지루한 날이어서 언니 하교 시간에 마중을 나갔는데 학교 앞 교문에서 호태를 봤어요. 언니한테 무섭게 화를 내고 있더라고요."

"왜 화를 냈을까요?"

"실은 지난주에 언니한테 물어봤어요. 저도 계속 궁금했거든요. 호태가 초등학교 때부터 야구를 했었는데 팔꿈치에 심각한 부상을 입어서 꿈을 포기해야 했대요. 제가 본 날이 그 직후였고요. 언니 말로는, 위로해 주려 했는데 그때는 받아들일 여유가 없었던 것 같다고 했어요."

"화냈을 때의 인상이 여빈 씨 머릿속에 각인된 건가요?"

"그런 것 같아요."

"이번에는 호태 씨를 '만났다'고 했죠? 어떻게 만난 거예요?"

"호태가 언니 퇴원 전에 문병 왔었거든요. 돌아올 때 저를 집까지 바래다줬어요."

여빈의 뺨과 귀가 살짝 붉어졌다. 이건 심상치 않은 신호임에 틀림없었다.

"무슨 얘기를 했는지 물어봐도 될까요?"

"별다른 얘기는 안 했어요. 그런데 자꾸…… 심장이 쿵쾅거렸어요. 제가 마음속에서 호태를 실제와는 전혀 다른 악의 상징처럼 만들어 버려서, 그래서 느끼는 죄책감 때문일까요?"

[7월 25일 월요일 PM 2:00]

"선생님, 여빈이가 고등학교에 갈 수 있을까요?"

민선이 진료실로 들어서자마자 던진 물음이었다. 결코 쉽게 대답할 수 있는 질문은 아니기에 나는 잠깐 머뭇거렸다.

하지만 여빈도 결국 사회의 일원으로 살아가야 한다는 것은 부인할 수 없는 사실이었다.

"어려운 문제예요. 하지만 그렇게 된다면 기쁠 것 같네요."

'그렇게 되면 기쁠 것 같다'고? 이런 건 정신과 의사가 환자와 상담할 때 사용하는 언어가 아니다.

대체 왜일까. 민선과 얘기하다 보면 종종 이런 실수를 하곤 한다.

"대청소를 했어요."

확실히 민선의 마음은 읽기 힘들다. 아니, 그보다는 그 깊이를 가늠하기 힘들다고 해야 할까. 이번에도 예측하지 못한 방향으로 화제를 바꿔 버렸다.

"버리거나 팔아야 할 물건들을 메모해 정리하려고 여빈이한 테 노트를 빌려 달라고 했어요. 그래도 괜찮다기에 여빈이 책상으로 갔더니 노트라고 할 만한 게 한 권뿐이더라고요. 그래서 가져다가 펼쳐 봤는데 일기장이었어요. ⋯⋯왜 그런 눈으로 보세요? 남의 일기를 몰래 보는 건 나쁜 짓이다, 뭐 그런 원론적인 얘기를 하시려는 건가요?"

"아닙니다. 계속 얘기해 주세요."

민선은 표정이 없는 목소리로 말을 이어 나갔다.

"제가 의식이 없는 동안 일어난 일들을 꼼꼼히 기록해 뒀더라고요. 제가 호태에게 못생겼다고 무시당해서 자살했다는 거나, 예뻐져서 복수하겠다는 뭐 그런 거요."

"……불쾌했겠네요."

"외모에 대한 얘기라면 솔직히 익숙해요. 제가 놀란 건 다른 부분이었어요. 절 죽인 사람이 호태가 아니라 여빈이 자신이었고, 용기를 내서 다른 인격들을 없애 버렸다고 쓰인 대목이었어요."

"민선 씨, 호태는 여빈 씨 안에 생겨난 다른 자아들을 억누르고 마지막에 없애기 위해서 저와 함께 만들어 낸 가장 강한 인격이에요."

죄책감인지 동지애인지 모를 마음으로 나도 모르게 항변해 버렸다.

"네. 사실 그 앤 제 친구지만요."

"나중에는 민선 씨를 죽인 게 자기 자신, 그러니까 박여빈이라고 생각하고 법적으로 처벌 받겠다고도 했죠. 결국 무혐의로 풀려난 걸로 이야기가 매듭지어지긴 했지만."

"그건 노트에서 읽었어요. 하지만 아무리 다중 인격이라고 해도 살인을 했는데 무죄 판결을 받고 아무렇지 않게 사회 속에 섞여 살아갈 수 있나요? 그런 어린아이 같은 상상을 했다는 게 여빈이답기도 하지만요."

민선이 살짝 한숨이 섞인 듯한 웃음을 지어보였다.

나는 궁금했던 이야기를 꺼냈다.

"여빈 씨는 호태 씨를 처음 만났을 때 인상이 굉장히 강렬했던 모양이에요."

"제가 깨어난 뒤에 호태가 문병을 왔는데 무척 동요했죠. 벌벌 떨다 꽃병을 떨어뜨리고, 결국 도망치더라고요."

나는 심호흡을 하고, 민선에게 해도 될지 아닌지 정말 가늠하기 힘든 그 말을 힘겹게 짜냈다.

"여빈 씨에게는 나름대로 생사의 갈림길을 오가는 투쟁이었어요."

"……."

"물론 민선 씨에게 이런 말을 하는 건 분명 잔인한 일일 테지만……."

내가 말을 맺기 전에 민선이 받아쳤다.

"걔가 네 번이나 자살 시도를 했다면서요? 이모가 얘기해 주셨어요."

담당의로서 면목이 없다, 다중 인격 장애란 그 정도로 까다로운 병이다…… 뭐 이런 종류의 말, 아니, 변명이 튀어나오려 했지만 그냥 입을 다물었다.

"요즘 저랑 여빈이, 고입 검정고시 준비하고 있어요. 둘 다 중학교 졸업을 못했잖아요."

그제야 민선이 진료실에 들어오자마자 했던 질문의 의미를 이해할 수 있었다.

나는 다시 한 번 고개를 끄덕였다. 뭔가 안심시킬 만한 말을 들려주고 싶었지만 이번에는 아까보다 더 어려웠다.

"호태가 이틀에 한 번은 집에 오더라고요. 고등학교 선배로서 공부를 도와주겠느니 어쩌니 하면서. 자기도 운동하느라 중학교 땐 수업 시간에 잠만 잤으면서 말예요. 뭐, 왜 오는지는 뻔하죠."

"그럼 셋이 같이 공부하는 거예요?"

"뭐, 그렇다면 그렇다고 할 수도 있겠지만……. 선생님, 혹시

선생님도 제가 호태를 '이성으로' 좋아한다고 생각하시는 거예요?"

민선이 소리 내어 웃었다. 높은 음역대의 웃음소리가 방울 소리처럼 울려 왔다.

나는 왠지 얼굴이 화끈해졌다.

"전 호태를 그런 감정으로 좋아하지 않아요. 아마 앞으로 누굴 만나든 그럴 거예요."

"왜 그렇게 단정하시죠?"

"선생님, 우린 이제 부모가 없는 아이들이에요. 끔찍한 살인 사건의 피해자이기도 하고요. 그 꼬리표가 평생을 따라다니겠죠. 그럴 때, 아니, 아주 어릴 때부터 절 구원해 준 건 책뿐이었어요."

"예를 든다면요?"

"주로 소설이 그래요. 별별 인간의 별별 불행이 담겨 있죠. 불행한 건 나뿐만이 아니고, 그건 개인의 힘으로 어떻게 할 수 없는 거예요. 그저 일어나는 거죠. 나에게도, 너에게도, 저기 창 밖에서 소리를 지르는 아저씨에게도. 선생님은 정신과 전문의지만, '이겨 낸다'는 걸 정말로 믿으시는 건 아니겠죠? 받아들이고 살아가는 게 인간으로선 최대치 아닐까요?"

"받아들인다……."

"살아 있는 사람들은 다 변하지만 소설엔 그 나름의 해결 방식과 엔딩이 있죠. 그래서 소설을 많이 읽은 게 진심으로 다행이라고 생각해요."

"그럴지도 모르겠네요. 저도 소설을 좀 읽어 봐야겠다는 생각이 들기도 하고요."

"선생님은 불행 다음에 오는 게 뭐라고 생각하세요?"

"불행 다음이라……. 어려운 질문인데요."

"저는 불행 뒤를 그림자처럼 따라오는 건 생활이라고 생각해요. 이제 남은 건 '생활'이죠. 제 부모님은 히트메이커로 유명한 드라마 작가셨어요. 그래서 버는 돈도 상당했고요. 하지만 집을 사느라 재산은 거의 남아 있지 않았죠. 저는 그걸 원망하지 않아요. 그 집은 엄마 아빠의 꿈 자체였거든요. 온실과 옥상 정원이 있는 네 식구의 이층집……. 지금은 살인 사건 현장이 되어 버렸지만요. 선생님, 전 이 집을 지킬 거예요. 제가 짊어져야 할 짐이 저 한 사람 몫이든, 아니면 여빈이까지 두 사람 몫이든 상관없어요."

"하지만 민선 씨, 그렇게 쉬운 일은 아닐 거예요."

"전 그렇게 생각하지 않아요. 다치기 전에도 공모전에서 입상한 적 있고 이미 계약한 출판사만 세 군데인걸요. 글을 써서 돈을 벌려는 사람에게 여빈이 같은 동생이 있다는 건 축복 아닐까요? 그 애를 옆에서 바라보는 것만으로도 몇 권이든 스토리가 생각나요."

"……."

"그러니까 제가 하고 싶은 건, 사랑이 아니라 관찰이에요. 여빈인 환자잖아요. 차라리 제 자신을 원망한 적은 있어도 그 앨 미워한 적은 없어요."

민선이 단호하게 말했을 때 떠오른 것은 비극이 일어나던 밤 범인에게 맞서는, 지금보다도 어린 그녀의 모습이었다. 부모님의 시신을 뒤로하고 동생을 지키려 칼 앞에 뛰어든 소녀. 그런 선택을 할 수 있는 사람은 많지 않다.

그런데 그걸 정말 '선택'이라고 불러도 될까? 혹시 아이의 길지 않았던 인생 내내 반복된 일종의 훈련 같은 건 아니었을까.

그리고 다음 순간, 격앙된 목소리가 내 머릿속 물음에 답하듯 민선의 입에서 터져나왔다.

"희생했잖아요. 희생당했잖아요. 저도 할 수만 있다면 박여빈 이용할 거예요. 받아낼 거예요. 저한테 그 정도는 해 줄 수 있는 거 아니에요?"

잔뜩 날세운 말 안에 숨은 건 원망의 껍질을 쓴 지독한 외로움이었다. 나는 그 무게에 압도돼 잠시 목이 막혔다.

민선이 울었다.

등을 두드려 주고 싶어 팔을 얹으려 했지만 그럴 수가 없었다. 내 손이 왠지 너무 크고 더러워 보였다.

민선의 울음은 멎지 않고 이어졌다. 이 소녀가 누군가를 앞에 두고 울어 본 건 몇 번째였을까. 그렇게 나직하지만 해일처럼 거대한 울음을 나는 보지 못했다.

여빈은 언니가 라벤더를 가장 좋아한다고 말했었다. 그 순간 아무 맥락도 없이 나는, 어린 시절 어머니가 들려준 라벤더의 꽃말이 떠올랐다.

'내게 대답해 줘요.'

[8월 3일 수요일 PM 12:00]

"한 주 동안 어떻게 지냈어요?"

"음, 사실은 언니랑 같이 고입 검정고시 준비하려고요. 둘 다 중학교 졸업을 못했으니까요."

"검정고시……. 그렇군요."

"선생님, 제가 학교에 다닐 수 있을까요?"

여빈의 목소리에서 간절함이 묻어 나왔다.

"음, 지금 상태로는 가능할 것 같긴 한데 아직 확답은 못하겠어요. 그래도 입시 준비를 해 두는 건 좋은 선택 같네요."

여빈의 얼굴이 눈에 띄게 밝아졌다.

아직은 너무 이른 것 아닌가 싶으면서도 그렇게 단언한 건 주치의로서 좀 성급한 일이었는지 모른다. 그래도 지금은 여빈의 그런 얼굴을 보는 게 뿌듯하게 느껴졌다.

"아, 선생님! 저 좋아하는 사람 생겼어요. 그 애도 절 좋아하고요."

"잘됐네요. 축하해요, 여빈 씨."

"헤헤, 좀 쑥스럽네요. 사귀기로 한 지 얼마 안 됐거든요."

두 뺨이 붉어진 여빈이 더운 듯 얼굴에 손부채질을 했다.

여빈의 오늘자 상담이 끝났다.

여빈은 내 눈을 또렷이 바라보며 예전과 달리 괴물과 망상이 득시글대는 과거가 아니라 현재와 미래로만 이루어진 이야기를 들려주었다.

가망이 없을 거라고 생각했던 병이 이렇게까지 호전될 수도 있다는 건 나도, 그리고 다른 전문가들도 전혀 예측하지 못한 일이었다.

잠시 식사를 하러 밖으로 나왔을 때 나는 건물 옆에 나 있는 작은 산책로에서 손을 꼭 잡고 있는 어린 커플의 모습을 보았다.

여빈과, 그리고 아마도 호태.

호태가 여빈의 손을 위로 들어 올려 손등에 입을 맞췄다. 햇살이 손과 입술이 닿는 부분에 와 부딪혔다. 두 눈이 아파 올 만큼 눈부신 광경이었다.

〈끝〉

복수여신

원작 치즈필름 김은하 | 글 임지은 | 그림 오천사

찍은날 2022년 8월 18일 초판 1쇄 | 펴낸날 2022년 8월 30일 초판 1쇄
펴낸이 신광수 | CS본부장 강윤구 | 출판개발실장 위귀영 | 출판영업실장 백주현 | 디자인실장 손현지
아동콘텐츠개발팀 박재영, 서정희, 류효정
출판디자인팀 최진아, 이서율 | 저작권 업무 김마이, 이아람
채널영업팀 이용복, 우광일, 김선영, 이채빈, 이강원, 강신구, 박세화, 김종민, 정재욱, 이태영, 전지현
출판영업팀 민현기, 최재용, 신지애, 정슬기, 허성배, 설유상, 정유
CS지원팀 강승훈, 봉대중, 이주연, 이형배, 이우성, 전효정, 이은비, 장현우

펴낸곳 (주)미래엔 | 등록 1950년 11월 1일(제16-67호)
주소 06532 서울시 서초구 신반포로 321
미래엔 고객센터 1800-8890
팩스 (02)541-8249 | 이메일 bookfolio@mirae-n.com
홈페이지 www.mirae-n.com

ISBN 979-11-6841-266-8 04810
ISBN 979-11-6841-268-2(세트)